VECCHIE STORIE

EMILIO DE MARCHI

Texte et illustration de couverture : © domaine public
Edition : Culturea (Hérault, 34)
Contact : infos@culturea.fr
Retrouvez notre catalogue sur http://culturea.fr
Imprimé en Allemagne par Books on Demand
Design typographique : Derek Murphy
Layout : Reedsy (https://reedsy.com/)

Dépôt légal : janvier 2023

ISBN : 9791041844630

DUE SPOSI IN VIAGGIO.

La giornata spuntò serena e limpida per gli sposi, che dopo aver riposato una notte a Como, continuarono il loro viaggio verso la Tremezzina. L'acquazzone del giorno prima aveva posto nell'aria i brividi precursori del non lontano ottobre e le cime dei monti, e specialmente delle Alpi, brizzolate di neve, splendevano sotto un raggio alquanto diluito e raffreddato nell'atmosfera trasparente. Qualche giogo più acuminato usciva dalle altre vette, in un vestito roseo, allegro come quello d'una fanciulletta il giorno di Pasqua, sotto un cielo chiaro chiaro; e scendendo a poco a poco lungo la schiena dei monti, dopo il verde giallo dei pascoli rasi, vedevi il verde bruno dei castani, poi sterratelli bianchi di campi seminati a saraceno, poi ancora i colori vivaci dei giardini e il bianco delle villette, che scappavano innanzi al battello, dolci dolci, come le cartine in un organetto a manubrio.

Bastiano, lo sposo, stando in piedi, osservava queste meraviglie con un cannocchiale da teatro, che si era fatto prestare da qualcuno, e quando una folata d'aria l'investiva più fortemente, di sotto alle lenti, incartocciava la faccia, socchiudeva gli occhi, con quella espressione dolorosa, che hanno certe slavate sindoni d'altare di campagna.

Si era anche abbottonato il suo bel soprabito d'autunno color d'uva passa, tutto fino al bavero, ma di sotto, la valigietta dei denari, posta a tracolla, e in croce a questa l'astuccio del cannocchiale, cadendo sui due fianchi, facevano un rigonfiamento in fondo alla schiena, che dava delle arie d'inglese al signor Bastiano Malignoni di Monza.

Nel passare sul battello dimenticò d'essere un uomo alto e urtò il suo cappello nuovo, incatramato, d'un bel taglio tutto monzese, contro un voltino, facendovi dentro un'ammaccatura a triangolo, che egli portava, senza saperlo, con una certa dignità.

Prima ancora d'arrivare a Torno, ebbe un battibecco col revisore dei biglietti, perchè gli sposi avevano in fallo occupati i primi posti coi biglietti dei secondi: fatto sta che il signor Bastiano dovette in faccia a tutti i signori e a tutte le signore inglesi pagare una differenza, arrossendo fino alle orecchie, come s'egli avesse avuto intenzione di non dare a Cesare quel ch'è di Cesare.

Spiegò poi l'abbaglio a Paolina, dimostrandole come sui «bastimenti d'acqua» quel che è primo per i vagoni di terra diventa ultimo, e quel che ivi è ultimo qui diventa primo, precisamente come vedremo nella valle di Josafat, il giorno del giudizio universale.

Paolina, la sposa, stava zitta, come se non gliene importasse, e continuava a girare sopra sè stessa in contemplazione di tutto lo spettacolo che aveva intorno, voltando per caso un poco di spalle al marito.

Essa vestiva un abito povero, povero, color ferro brunito, ma la sposa di provincia la si conosceva all'oro giallo della sua guarnizione, al cappellino col pettirosso schiacciato in un angolo, cinto da una gran veletta celeste, che svolazzava, stridendo e folleggiando sulla testa, sulle guancie, pallide, e sul collo, con vibrazioni serpentine.

Il sole dopo uno svolto, la investì in un momento che Bastiano risaliva il ponte, talchè, in vederla, gli parve che al luccicar delle gioie e al contrasto del sole sulla veletta, ella si accendesse come una fiamma di spirito di vino. Gli parve anche di essere alto come il monte Bisbino, che stavano girando, e che non bastasse ancora a contenere tutta la sua felicità.

Paolina era la prima in trentasei anni di vita che egli aveva amato, o almeno la prima, sulla quale avesse voluto fondare un pensiero con qualche conclusione; e a vedersela ora davanti, a due passi, «bella come una rosa» il signor Malignoni non invidiava nessuno de'suoi vicini, nemmeno quell'inglese o americano, che da una mezz'ora andava contando monete d'oro e d'argento.

—Sei contenta?

—Sì, un po' freddo.

E si stringeva in uno scialle scozzese, come se volesse farsi poca e sparire.

—Hai fame?

—Nulla.

—Io ho fame.

—Io no.

—Vuoi che andiamo nella sala di sotto?

—No, stiamo qui.

—È bello, non è vero che è bello?

—Sì, molto.

—Vuoi un caffè o una tazza dì birra?

—Ti pare? Sto bene.

Tornavano a tacere per un pezzo.
Quelle rive strette fra l'acqua e il verde dei monti, quel succedersi di colori dai più chiassosi ai più delicati, dal vino al latte, da una villetta di zucchero a una incassatura rocciosa e tosta, irta di punte; quel succedersi di artifici per andare a godere una spanna di sasso, una bricca, un pratello largo come un fazzoletto, quell'aprirsi sfacciato di nuovi immensi bacini d'acqua, pieni di azzurro e di luce, là dove pareva che fosse tutto finito; e il chiacchierare della gente ad ogni stazione fra il battello e la riva, fra chi scende e chi sale; e il tonfo misurato delle ruote; e il suono della campana che ridesta gli echi dei pascoli, quello spettacolo insomma mosso e chiuso fra due coperchi lucidi ed opalini, l'acqua e il cielo, occupava l'anima di Paolina, se pure non si deve credere ch'ella facesse di tutto per occuparsene....

La natura le si dipingeva innanzi bella ed innocente, ed essa, contenta di trovarsi fra la gente e sotto il raggio di sole, avrebbe voluto che il viaggio non terminasse più, che le Alpi si aprissero per dar luogo a un altro lago sterminato.

Il bacino di Argegno, malinconico più degli altri, rispondeva all'ordine dei suoi desiderii e guardando su ai nudi ceppi delle montagne, alcune delle quali a picco, alle creste disabitate, a certi andirivieni di luoghi dirupati, si augurava in cuor suo di esservi, non importa se perduta, se di notte, o in mezzo alla bufera.

Si doveva stare tanto bene in una nicchia, lassù, dove mirava un uccellaccio. Vedeva anche qualche muricciuolo di cimitero; il dormire lassù per sempre all'ombra dei faggi e dei castagni, con una povera croce sul capo, anche questo le pareva bello in quell'istante che il suo Sebastiano l'aveva lasciata sola per scendere a mangiare un boccone.

Man mano che si procedeva verso Bellagio il battello si faceva sempre più affollato; tutti correvano alle regate.

Le ville portavano la bandiera; i sandolini dipinti colle signorine dentro tutte a fiori, a nastri, a parasoli bianchi, verdi, rossi, cilestri venivano in frotta come delfini a prendere l'onda del vapore; s'intendevano strilli di gioia e campane a festa; il largo bacino di Menaggio cominciava a spalancarsi in una grande scena scintillante, circonfusa d'una nebbia rosea; si udivano anche gli spari dei mortaretti; poi il suono delle bande che passavano nelle barche sotto «gli elmi di Scipio»; venivano acuti profumi dalle serre e dagli spallierati dei limoni; erano tutti in festa, povera Paolina! Si svegliarono anche le dame inglesi, anche le più vecchie in un gran bisbiglio, sotto i grandi panieri dei loro cappelli e segnavano col dito «Belaccio, Belaccio».

Questa era la meta dei nostri sposi.

La gente cominciò a discendere accalcandosi.

Bastiano stava attento a schivare gli Hôtel, e pregava Paolina di cercare cogli occhi la Trattoria Americana, dove si mangia bene, il sonno ciascuno se lo porta, si paga poco e si sta senza soggezione; ma in quel punto un signore, un vero gentiluomo, pulito e cortese come un buon padre di famiglia, gli tolse la valigia di mano.

—Americana? Americana?—domandò Bastiano.

—Oui, par ici, monsieur.

Il buon signore passò la valigia a un altro signore coi favoriti biondi, che la buttò sull'imperiale di un omnibus.

—Entrez, monsieur, entrez.

—Americana?—tornò a domandare Bastiano, sentendosi sospinto come un sacco, e non accorgendosi che col parlare a monosillabi non faceva che ribadire un'opinione storta nella testa dei due bravi signori.

Si trovò, prima che potesse orientarsi, insaccato nell'omnibus fra una dozzina di «yes» lontano sei posti da Paolina.

In due trotti, ossia cinquanta passi per cavallo, l'omnibus si fermò innanzi al grand Hôtel Bellagio. L'albergo era chiuso in giro da una gran cancellata a punte d'oro, che serrava un gran giardino all'inglese: non c'era scampo, bisognava rassegnarsi. Alla fin fine il viaggio di nozze non lo si fa che una volta sola.

Un giovinetto biondo come il lino, in falda nera, colle scarpettine alla francese, pettinato anche lui come uno sposino, li precedette per uno scalone di marmo, ornato di statue, di candelabri, di specchi, di acacie, tintinnando le chiavi e senza mai parlare li condusse «au cinquième» fino a una camera che riusciva sopra un cortile stretto, profondo e tetro come un pozzo.

—A onze heures le déjeuner, s'il vous plait—disse stando sull'uscio prima di licenziarsi.

—Cosa?—domandò Bastiano, che cominciava a credere d'essere nel mondo della luna.

—C'est bien—si affrettò a dire Paolina per sbarazzarsene.

I coniugi Malignoni, rimasti soli, si guardarono in faccia senza aprir bocca.

—Ti avevo pur detto di stare attenta all'Americana.

—A me? tocca a me di cercare l'albergo?

—Così, oltre a pagare un occhio della testa, non si potrà veder nulla, mangiar nulla e capir nulla.

—Abbiamo però una bella vista, disse con un sogghignerò sardonico la sposina, ficcando lo sguardo nel fondo del cortile.

—Per me, scusami, ma io non ci sto, esclamò lo sposo.

—Che vuoi fare?

—Vuoi morire di febbre gialla o d'itterizia?

—Ebbene, di' che ti cambino la stanza.

—Non capiscono niente: sembra il paese dei tartari.

—E allora rassegnamoci fino a domattina.

—Sai cosa faccio? vado a vedere dov'è questa famosa Americana, e se il luogo è proprio come dicono, lasciamo la valigia e pranziamo là. Almeno si sa quello che si mangia. Che ne dici?

—Io? nulla.

—No, devi dire anche il tuo parere.

—Che cosa devo dire?

—Qualche cosa.

—Andiamo a pranzo all'Americana.

—Me lo dici con tanta noia.

—Ti pare? Sono un po' stanca.

—Allora, faccio così?

—Sì, sì.

—Addio, angelo.—E la carezzò colla punta delle dita.

—Io ti aspetto qui.

—Sì.... e mi vuoi bene?

—Che ragazzo!

—Stella!

Bastiano uscì. Paolina girò la chiave nella toppa, si tolse d'addosso lo scialle, il casacchino, li gettò sul letto insieme al cappello; chiuse la finestra; si buttò in una poltrona, portò il fazzoletto alla bocca e pianse, senza lagrime, pianse della gioia di trovarsi sola.

Bastiano uscì all'aria aperta colle orecchie un po' calde. Sotto alla sua grande felicità sentiva una mezza volontà di strozzare qualcuno. Passata però la prima agitazione e scoperta la sua Americana sotto i portici, un buco fatto apposta per loro, tornò tutto contento all'albergo a trarne la sua povera «alma consorte» che aveva lasciata in quella muda lassù. Quando gli sembrò di essere salito alto abbastanza, si ricordò di non aver osservato prima il numero della stanza; discese qualche scala per vedere di orientarsi coll'occhio; infilò qualche corridoio a destra, qualche andito a sinistra, ma sebbene non ci fosse dubbio che la scala fosse quella stessa, pure gli pareva di vedere qualche cosa di non veduto prima.

Per quanto gli pesasse, discese ad uno ad uno i gradini, fino all'atrio del pianterreno, si accostò all'ufficio, dove stava scrivendo un signore grasso, e domandò con tutta bella grazia:

—Perdoni, mi saprebbe indicare dov'è la mia camera?

—Il numero?

—Non ho guardato.

—La chiave?

—L'ho lasciata nell'uscio.

—Domandi al cameriere.

—Meno male! pensò Bastiano, questi almeno capisce l'italiano, e si voltò a cercare quel biondino che l'aveva condotto su.

Due altri servitori o sopraintendenti stavano sulla porta, colle mani sotto la coda dell'abito, in atto di curiosità sfaccendata.

Bastiano, non trovando il suo bel biondino, ricominciò da capo a salire la scala colla speranza che hanno tutti gli scolari, che per andare in fine della lezione spesso conviene ricominciare da capo.

Mentre andava su coll'affanno di chi porta un sacco di sale sulla montagna, vide che i due sopraintendenti l'osservavano, rìdendo sotto il naso.

«Questi animali se mi vedessero annegare non mi darebbero una mano.»

Ricordando d'aver inteso uno di quei bravi signori, il più canonico, a parlare il dialetto di Bellagio, che è anche quello di Monza, spinse la testa fuori della ringhiera ed esclamò in dialetto schietto:

—Vogliono avere la bontà quei bravi signori d'indicarmi il mio cameriere, un bel biondino?

—Was? domandò il tedesco di Bellagio, andando presso la scala col viso rivolto all'insù e le mani sotto la coda.

—Un giovinotto magrino.... tornò a dire.

—Was sagen Sie? ripetè il canonico, mentre il suo compare si nascondeva dietro una colonna di marmo per non lasciarsi scorgere a ridere.

—Ah gabbiano! gridò Bastiano, facendo il viso grosso.

Il compare dalla colonna scappò in uno stanzino. Era una burletta magnifica.

—Signor padrone, seguitò Bastiano dall'alto della seconda scala verso il bravo e gentile signore dell'ufficio, io pago anch'io i miei bravi denari come tutti gli altri, e pretendo di essere servito come tutti gli altri. Vogliono accompagnarmi si o no?

Il bravo signore uscì dall'ufficio colla cannuccia rossa nell'orecchio e rispose:

—El xe inutile che facciate tanto strepito, galantomo; se no gavè a memoria il numero de la stanza no potemo tenere a mente tutti li numeri....

—Ma quel cameriere che mi ha condotto prima, è morto d'accidente, el me caro galantomo? strillò il signor ragioniere Malignoni di Monza, rosso come un gallo, correndo abbasso, presso quasi a perdere la tramontana del tutto: tanto straordinario gli pareva là dentro il nome di galantuomo!

In quella entrò una carovana di ladies e di lords, colle sciarpe bianche nei capelli, cogli scarponi ferrati, cogli alpenstok e riempirono tutto l'atrio.

—Faccia el favorito piacere di non gridare. Quando non si sa viaggiare si sta a casa.

Questa osservazione piena di una saggezza antica fu raddolcita da un «aspetti, abbia pazienza» più amichevole, quasi fraterno, col quale il buon signore dava a vedere una prudenza non meno saggia e non meno antica.

Ma la notizia che un «monsieur» non trovava più la moglie, messa in moto dai due burloni, aveva già fatto il giro di mezzo albergo, dalla cucina alla sala di lettura. Dietro i vetri si vedevano dei visini pallidi e gentili, con un sorriso anglo-sassone sulle labbra, fra la pietà e la canzonatura: da un andito dietro la scala spuntò per un istante anche la tunica bianca di «monsieur le chef», un cuoco che guadagnava otto mila lire all'anno, quante sono, o quasi, le notti necessarie per fare un libro che nessuno legge.

Uscì fuori finalmente anche il biondino, che condusse lo sposo per una seconda scala identica alla prima, ma collocata al di là d'un grazioso jardin d'hiver; qui stava l'imbroglio che il signor Malignoni non aveva potuto districare.

L'aneddoto del «countryman» che in un Hôtel d'Italy aveva perduta la sposa, fu stampato in molti magazzini letterari con qualche variante, come si fa coi grandi poemi epici.

UN REGALO ALLA SPOSA.

Gaspare Carpigna aveva fatto i suoi molti denari in ogni maniera, coll'industria, coll'usura, coll'inganno. Ma una volta fatti non vi era uomo più galantuomo di lui e ben disposto a godere onestamente dei beni di questa vita. Invecchiando si era dato anche alla pietà, e faceva recitare molte messe da morto, invitando il prete a far colazione nella sua bella casa di Macagno, dove aveva giurato di passare i suoi ultimi giorni in santa pace.

Stava per maritare anche la figliuola a un ricco possidente di Novara, un bel partito per la figlia d'un carbonaio all'ingrosso; e siccome il cuore di Gaspare Carpigna non era chiuso ai soavi affetti della famiglia, e per la sua Isolina egli sentiva una tenerezza singolare, così si può pensare se a quel matrimonio egli si preparasse con allegria, con compiacenza, con un fervore insolito che lo ringiovaniva.

Già i preparativi erano fatti, fatte le pubblicazioni; lo sposo aveva già regalato un bello astuccio di brillanti e le parenti lontane chi un vaso di cristallo, chi un ventaglio di madreperla, chi un braccialetto, ecc. Isolina, assistita da una sua zia materna, poichè la mamma era morta da un pezzo, attendeva il gran giorno con estasi. Lo sposo era bello, ricco, simpatico.

La vecchia casa detta del Zoccolino, che il Carpigna aveva acquistata per il fallimento d'un suo socio, rimessa a nuovo e rinfrescata in tutte le parti, non pareva più quel lurido filatoio di una volta, dove il povero Battistino Dell'Oro, fallito, rovinato, rosicchiato dai debiti, si era impiccato per la disperazione a un gancio del portone. Si diceva sommessamente che il Carpigna avesse aiutato una mano a rovinarlo e che la messa ch'egli faceva dire ogni 23 dì settembre avesse lo scopo di versare un secchio d'acqua sopra una pover'anima del purgatorio, se c'era bisogno. Ma eran cose vecchie di trent'anni fa, forse anche di più. Scomparso il filatoio, al suo posto sorse una bella casa bianca col portone di cotto, colle persiane verdi, col giardino degradante a scalinate verso il lago, il Zoccolino insomma, come può vedere ancora chi naviga verso Macagno sul lago Maggiore.

Il giardiniere aveva addobbato il giardino a bandiere e a palloncini cinesi, e la notte prima del sacramento fu un continuo sparo di mortaretti e un gran suonare di chitarre nelle barche illuminate.

Quelli dell'altra riva del lago, vedendo quei fuochi, dimandavano:

—Che cosa c'è al Zoccolino?

—È il Carpigna che marita la figliuola.

—Sposerà qualche altro ladro usuraio.

—Quando uno è ricco, c'è sempre chi dice che ha rubato.

—Volete sentirla, voi che parlate così?

Questi discorsi erano fatti da un gruppo di pescatori, che stavano fumando la pipa innanzi all'osteria di Cannero, sull'altra riva. C'era dunque il lago di mezzo e tanto largo che vi potevano affogare tutte le verità della nostra santa religione.

—Sentiamola, poichè la sapete.

—Quel povero Battistino io l'ho conosciuto. Gli portavo la legna ogni settimana e so che gli affari non gli andavan male anche con quattro figliuoli. L'uno fa oggi il contrabbandiere colla Svizzera, una vita da ladri, sapete, e dice che un giorno o l'altro metterà lui la dinamite al Zoccolino. Fu lui che gli toccò staccare suo padre dal portone quella mattina, ed è un fegato sano che non ha paura del buio.

—Che cosa c'entra il Carpigna che ha sempre negoziato di carbone?

—C'entra che Battistino gli aveva prestato sessantamila lire, sulla parola e che il Carpigna negò di averle ricevute mai. Ecco come c'entra.

—Fu una bestia a fidarsi.

—L'aveva tenuto a battesimo, pareva un santo a vederlo in chiesa, quando pregava la croce sull'altare.

—Son peggio degli altri.

—Quello fu il principio della sua fortuna.

Dall'altra parte del lago si gridava invece: Viva la sposa! viva gli sposi! viva il signor Gaspare!—C'erano trenta o quaranta persone, tra invitati, parenti, barcaiuoli e persone di servizio. Nel salone di mezzo a pianterreno, aperto sul giardino, la tavola preparata per la baldoria luccicava di bicchieri, di trionfi di vetro, di confetti, senza dir nulla delle torte, dei marzapani, delle gelatine, che avevano fatto venire da Locarno. Sopra una scansìa presso il muro una batteria di bottiglie dal collo d'argento aspettava il momento di scendere in battaglia. Dal giardino ogni soffio più vivo del vento portava dentro un profumo acuto di limoni misto al profumo caldo delle vaniglie e dei gelsomini.

Isolina, bella, allegra, saltellava come una gattina nella sua innocente giovinezza, finchè tutti sedettero a tavola e fu stappata la prima bottiglia di vin bianco d'Asti, che inondò della sua spuma d'argento l'abitino della sposa.

—Viva la sposa, viva l'allegria!

—Viva il signor Gaspare, padre fortunato.

—A rivederci al battesimo.

Gaspare Carpigna provava nel cuore la dolcezza malinconica del padre che vede la figliuola spiccare il volo dal nido, ma sa che va ad essere felice. Isolina era per quell'uomo taciturno e mezzo selvatico, l'unico ideale al mondo, e si può dire che i denari egli li avesse radunati soltanto per lei. Era contento di maritarla bene e con onore. Caspita! oltre il corredo le dava un trecentomila lire sulla mano, e il resto alla sua morte.

Il vin d'Asti e il vecchio Barolo di dodici anni non furono versati nel lago. L'allegria come avvien sempre in queste circostanze, un po' tiepida e sconnessa in principio, cominciò subito a levare il bollore. Gli spiriti fremevano come pentole a buon fuoco. A destra e a sinistra del viale splendevano le ghirlande dei palloncini, un rosso, l'altro verde, l'altro bianco, come una bandiera d'Italia, Dal lago veniva sulle onde l'onda d'una serenata strimpellata in un canotto a palloncini gialli, e già il segretario comunale col calice in mano, cogli occhietti umidi, stava per leggere una poesia, quando entrò il fattore che aveva una cassettina in mano, chiusa, piegata in una carta e suggellata.

—L'ha portato un uomo,

—Un altro regalo per la sposa,

—Dàlla qui, Pietro.

Isolina prese la cassettina, e pensando subito a una sua amica di Luino, la collocò sulla tavola, tagliò i suggelli col coltellino d'argento, spiegò la carta che l'involgeva. Era una cassettina rettangolare, di legno di pino, come si usa per i pettini, rustica, bianca con su scritto: Alla sposa.

Isolina l'aprì con quella viva curiosità che eccitano le cose misteriose. Vide una lettera, e sotto dei frastagli di carta a vari colori, con riccioli d'oro, e più sotto, uno strato di crusca.

—Segretario, legga lei la lettera,—disse Isolina senza guardarla.

Il segretario lasciò via il sonetto, prese l'altro foglio e con quella medesima intonazione, a cui aveva già preparata la bocca....

Dirò prima che l'attenzione degli astanti era stata richiamata sulla cassettina dal vedere Isolina che vi rimestava colle mani, e ne traeva della crusca, ponendola di mano in mano sul piatto assieme ai confetti.

Il segretario lesse dunque, anzi declamò: «A Gaspare Carpigna, lettera dell'altro mondo».

A tutti parve una frase comica e pazza fatta per ridere; chi rise, chi alzò la mano, chi il bicchiere.

E il segretario, distratto come un'oca e colla testa piena di fumo continuò: «Carpigna, alla dote di tua figlia aggiungi anche la collana di Battistino dell'Oro».

Tutto ciò fu letto come un sonetto, nel tempo che l'Isolina colle manine bianche e piene di diamanti traeva dalla crusca una cordicella nera, grumosa, grossa come il suo dito mignolo, lunga come una vipera comune, che, inorridita, lei lasciò cadere, che parve proprio una biscia morta. Gettò un grido, storcendo la bocca, alzando le due mani colle dita rigide, adunche, mentre un silenzio profondo, un silenzio brutale, un silenzio di ghiaccio sottentrò alla festa, e cento occhi bianchi, cento occhi gelati si fissavano sul viso incartapecorito del signor Gaspare. Un buffo d'aria stortò le fiamme delle candele.

La sposa fu portata via. Quando andarono a risvegliare dal suo deliquio il signor Gaspare, ch'era rimasto colla pupilla di vetro sulla biscia morta, gli trovarono le mani fredde, i piedi lunghi e la bocca piena di sangue. Soltanto i capelli parevano vivi sul capo.

Intanto sull'alto picco della Zeda, un contrabbandiere sfidava il buio fischiando, cantando

Sposettina, vien con me....

NEI BOSCHI.

Chi non conosce i boschi dell'alto Milanese, detti boschi di Saronno, di Mombello, di Limblate, può immaginare una stesa di selve, sopra un terreno diseguale, una volta incolto e oggi piantato a pini silvestri e a qualche rovere, che è quanto la terra, oltre le eriche e il bruco, può sopportare. Queste piantagioni non sono molto antiche e appunto per ciò, non sono molto note. Della maggior parte si ricordano i nostri padri d'aver veduto i primi germogli, quando ancora quel nudo tratto di paese non era che una nuda sodaglia. Oggi il bosco è maturo, non dirò per i ladri, che non vivono più per i boschi, ma per tutti coloro che amano le meste solitudini e sognano sempre, quando sono in un luogo, di trovarsi in un altro.

A me questi boschi ricordano per esempio, certe solitudini dell'antica Caledonia: e il più bello si è che in Caledonia non ci sono mai stato. Ma non si è letto inutilmente a dodici anni una dozzina di romanzi del Walter Scott, seduti all'ombra di un'antica quercia, o anche solo sul pianerottolo della scala. Se non è come in Scozia, vi son tratti nei boschi di Limbiate che potrebbero essere trasportati in Scandinavia e allora è ancora più bello per chi ama viaggiare a piedi.

Le piante d'un verde scuro perenne, di un fusto magro e diritto, che si apre a larga piuma o a ombrello, collocate a migliaia l'una presso l'altra in una disposizione quasi simmetrica, e così per l'estensione di cinque o sei miglia: i viali che tagliano questi eserciti di piante e si prolungano, si sprofondano nel verde a perdita d'occhio: le forre di altissime erbe filiformi dove non entrano che i bracchi: la terra gialla, rotta da immensi crepacci dove la picchia il sole: molle, melmosa, scivolante come il sapone dove l'acqua stagna: gli scoli d'acqua piovana che scendono a formare pozze, paludi, laghetti, e fin dei laghettoni perenni circondati da conifere con increspature e piccole tempeste sconosciute al mondo, come quelle delle anime modeste: e poi aggiungete un silenzio profondo, non interrotto nemmeno dal solito stormire delle fronde (il pino è taciturno) e i chiarori celestiali e mistici dell'aria al disopra di tanto verde, e le fiamme vaganti del tramonto veduto attraverso alle fessure del bosco.... tutto ciò voglio dire, mi ha tante volte trasportato fuori di me in una regione dove io sento che son vissuto un'altra volta, forse diecimila anni fa.

Oh la poesia, amici, è pur la dolcissima cosa! Voi uscite un mattino d'autunno, con un libro, mettiamo Aleardo Aleardi, nella tasca del carniere, col fucile ad armacollo, col vostro cane che vi saltella innanzi, girate dietro le case, pigliate verso il cimitero vecchio, date un'occhiata a quei poveri morti e a quella croce bianca dove da cinquant'anni dorme una contessina morta.... No, no, non è poesia.

Io fui innamorato a sedici anni di quella contessina, ed è una storia che ho promesso di contare qualche volta. Io l'ho seguita attraverso alle ombre del bosco, più contento quanto più le nebbie del novembre entravano fra le piante a rannuvolare i contorni della selva.

Una mattina, giusto sui primi di novembre, mentre io correvo prima di colazione attraverso la pineta, pensando al mio futuro poema sulla Risurrezione dei Morti, fui a un tratto arrestato da una fiamma che si agitava in fondo, e che stentava quasi a rompere il velo bianco e gelato dalla nebbia. Anche Pill, il mio cane da caccia, si fermò su quattro piedi, col muso in alto, e la piccola coda piena di meraviglia. La Cherubina mi aveva detto prima ch'io uscissi di casa che si sarebbe fatta colazione alle undici, più tardi del solito, perchè si aspettava mio fratello coi parenti della sposa.

Da due giorni si lavorava in cucina a preparare quella colazione, che doveva essere un banchetto di Sardanapalo con un piatto di selvaggina e un brodo ristretto che pareva giulebbe. L'importanza d'una casa si conosce a tavola e mio padre voleva, come si dice, far colpo su della gente un po' materiale.... Ma sono cose che non hanno nulla a che fare con quella fiamma che, come ho detto, si agitava in fondo al bosco e che stentava quasi a rompere il velo fitto della nebbia.

Strano un fuoco nei nostri boschi! Man mano che io mi avvicinavo, la fiamma si faceva più distinta, e già si potevano vedere nel chiarore rosso del fuoco disegnarsi alcune figure radunate in cerchio come a un tristo complotto di negromanti.

La solitudine e la selvatichezza del luogo che s'internava in una specie di crocicchio: quelle ombre ballonzolanti sul fusto delle piante al mobile ed acceso riflesso della fiamma fumosa e resinosa, avrebbero ben potuto far credere a un convegno di malviventi, se dopo alcuni passi non avessi riconosciuto le gambe lunghe e magre del signor segretario comunale, e accanto a lui la figura tozza del console e due o tre guardie campestri.

Il console s'era seduto in adorazione del fuoco sopra un pezzo di tronco. Battistino, una delle guardie campestri con un ginocchio a terra cercava di far saltare un carbone acceso nel buco della pipa, mentre il signor Boltracchi, il segretario, scaldava le parti meno rispettabili della sua persona, voltando le spalle al focolare, colle gambe aperte come un compasso. Quella brava gente si trovava da qualche ora nel bosco e col freddo del novembre e coll'erba bagnata di guazza, sentiva volontieri il beneficio d'una scaldatina.

Il console quando mi vide, toccò l'orlo del cappello colle due dita e disse:

—Riverisco, sor avvocato.

Il buon uomo era un mio contadino e nella sua semplicità sentiva un grande rispetto della mia persona.

—Che cosa fate, la polenta?—domandai.

—È per cagione di quel Gasparino della Vela,—rispose il console con quel linguaggio lungo che è proprio dell'alto Milanese.

—Che cosa ha fatto Gasparino della Vela?

—È morto.

—Era malato?

—Da un mese, sor avvocato, un poco di pellagra, ma bisogna dire che gli sia andata ai visceri del capo.

—Se non ho sentito a suonare l'agonia.

—Si muore anche senza la campana,—interruppe Battistino colle parole mozze di chi ha in bocca una pipa corta che gli abbrucia quasi le palpebre.

Il signor Boltracchi mi accennò col pollice sopra la spalla qualche cosa alla sua destra. Guardai e vidi il mio Pill quasi stecchito sulle sue quattro gambe, che tremava tutto sotto la sua pelle.

A un nuovo cenno del Boltracchi feci un mezzo giro sopra di me, guardai indietro presso le piante e allora scorsi sul terreno molle per la pioggia del dì prima, un non so che, coperto da una stuoia di carro e da una gualdrappa logora, e sotto un po' di paglia. Da uno dei lati uscivano due piedi lunghi, magri, infangati, colle unghie lunghe, due brutti piedi che parevano quelli della morte, i piedi insomma del morto.

—O Dio, che cosa è stato?

Il console stendendo le sue mani alla fiamma, continuò col suo tono naturale:

—Gli è venuta addosso la scalmana, si vede. Stamattina, la va bene? mentre la sua donna era a messa aprì l'uscio, traversò l'orto e nudo come è uscito dal ventre della sua mamma, prese la via dei boschi.

—Dev'essere passato dal laghettone di Mombello.

—Ci sarebbe rimasto, se fosse passato, perchè l'acqua è alta. Invece si vede che ha traversato il vallone della Merla, si è cacciato nei boschi vecchi di Lenzano e andò a finire alla pozza del Vetro. Qui ha creduto di poter traversare, ma c'è rimasto preso al vischio.

—C'è una terra che par giusto lisciivia.

—Son passato ieri dalla pozza del Vetro e non c'era un barile d'acqua.

—Ne è venuta un poco stanotte.

—Si è mandato ad avvisare il sindaco e il maresciallo,—disse il segretario voltandosi davanti alla fiamma.

—Non era vostro parente?—dimandò Battistino al console.

—Ha sposato una mia sorella, sicchè lascia tre figliuoli. Uno è soldato.

—Adesso potrà venire a casa, se è morto il vecchio....

—La legge non permette se non ci sono dei minorenni,—disse gravemente il signor Boltracchi.

Pill, coll'unghie tese, col muso avanti, rigido come un cane di legno, non cessava di fiutare il morto.

—Lo sa la sua donna?

—Quando è tornata dalla messa che era ancora bujo, verso le cinque, la va bene? trovò l'uscio aperto. Allora capì che il suo Gasparino era scappato, perchè aveva tentato un'altra volta, di scappare. Si mise a gridare, a chiamar gente. Venne un ragazzo dei Melgoni a dire che aveva veduto un uomo nudo come un verme che correva nei boschi e che era Gasparino della Vela. Allora si è cominciato a cercare nel bosco e si sono trovati dei passi freschi colla pianta delle dita. Cerca di qua, cerca di là, poi abbiamo incontrato voi Battistino, la va bene?

—Io venivo da Bovisìo, dov'ero stato a portare un paio di stivali al calzolaio, perchè mi mettesse le calcagna e giungo alla pozza del Vetro, quando mi par di sentire un scialacquamento come fa il mio cane quando ha caldo ed entra nella pozza a lavare le pulci. Ho creduto anzi che fosse il Pill del signor avvocato, che viene volentieri incontro quando sa che vado per i boschi. Anzi mi fermai e chiamai forte: Pill…. Torno a sentire un ciuf-ciuf nell'acqua. Pill! dove sei?… e fischio, così…. mentre vado verso la pozza dietro il rumore….

Battistino, prese la pipa colla sinistra, e mandò un sibilo acuto da cacciatore che risuonò per tutta la solitudine. L'altro villano, che non aveva mai parlato e che conobbi per il Rosso, sorrise colla sua faccia cretina di ranocchio.

—Pill…. Non sentendo più nulla, vado giù verso la pozza e trovo quel povero cristiano in un boccale d'acqua tutto impastato come un mostro nella melma, che aveva trovato la maniera di annegare.

—È la pellagra che mette una sete d'inferno.

—Capita spesso alla bassa che i malati si buttano nel pozzo.

—Vi sarete spaventato, Battistino.

—Non è la prima volta. L'anno scorso vi ricordate quel matto di Mombello che scappò dallo stabilimento e che s'impiccò fra due piante? L'ho visto pel primo una mattina di gennaio. Era arrampicato sopra un pino altissimo dove attaccò la corda; poi andò sopra un'altra pianta più alta e attaccò l'altro capo, e Dio sa come potè impiccarsi a mezz'aria all'altezza d'un campanile.

—I matti hanno una gran forza.

—M'è toccato vederlo tra il chiaro e il fosco. Il freddo aveva gelata anche la corda e il matto pareva di vetro.

—La Bortola del sarto ha vinto cinquantasei lire coi numeri del matto.

Il Rosso rise ancora gonfiando gli occhi slavati.

—Quello era un conte diventato matto per i liquori.

—Chi troppo, chi nulla….
—C'è qui il maresciallo.

Venne anche il sindaco e il dottore. Il cadavere fu scoperto. Pareva una mummia ingiallita. La creta gli riempiva ancora la bocca e i forellini del naso.

Pill pareva diventato di sasso e guardava il morto con occhio lagrimoso.

Povero Gasparino! lo si sarebbe detto un fossile di tremila anni, e nel suo freddo abbandono non si scorgeva che una tenue espressione d'ironia agli spigoli della bocca. Non era certo la creta che lo faceva ridere.

Pill mangiò poco quel giorno.

PARLATENE ALLA ZIA
(DIALOGO)

Questo dialogo fu due volte interpretato in famiglia con vera intelligenza d'artisti dalla signora Maria Nessi e dal Dott. Giuseppe De Capitani d'Arzago, ai quali m'ispirai nella Correzione e nella riproduzione della scena.
E. D. M.
NICOLÒ

è un giovinetto maturo, che ha già fatto le sue campagne. Gran buon diavolo nel fondo. Siamo in campagna nella villa d'Incirano. Nicolò in cappello di paglia e in abito grigio chiaro, entra dal giardino e dice a qualcuno che non si vede:

Grazie, aspetterò.

Dà un'occhiata intorno, si passa una mano nei capelli e con un breve sospiro d'affanno dice:

Eccomi qua. Il cuore mi batte come se volesse scoppiare. Ho paura di aver già fatto un passo falso. Basta! sono ancora in tempo a pentirmi e se sarà il caso, infilerò l'uscio.

Si abbandona su un divano.

Sicuro, Nicolò: se non concludi qualche cosa quest'oggi, tu morirai nel tuo letto in odore di verginità. No, no: è tempo che tu la pigli questa moglie benedetta! Vedi?

va a guardarsi in uno specchio.

Tu sei arrivato a quell'età in cui, se il frutto non si coglie, casca in terra a marcire. Non sei un brutto mostro: che, che?

carezzandosi i baffi.

Puoi passare ancora per un giovanotto in gambe, ma.... qua e là comincia a spuntare qualche capello meno nero degli altri. Certe mattine hai la ciera d'un uomo che ha dormito male

parlando alla sua immagine.

Sicuro, signor Nicolò: quel vivere di qua, di là, sulle trattorie, sui caffè, sui clubs, in compagnia di scapoloni pari suoi non è più una vita fatta per lei.... Lei digerisce male, lei dorme male, diventa sempre più brontolone, bisbetico, incontentabile e a lungo andare finirà col fare uno sproposito. Chi non si marita a tempo, sposa la morte prima del tempo; tranne il caso in cui si sposa la serva

torna a sedere.

—Mia sorella Giacomina, che da un pezzo mi ha sul cuore, la settimana scorsa mi disse:—Nicolò, c'è una ragazza che va bene per te: anzi ce ne sono due: le sorelle Bellini, due care creaturine sui ventitrè l'una, sui ventiquattro l'altra, non troppo giovani e nemmeno troppo stagionate, un po' disgraziate nella famiglia, ma buone, belle, con qualche po' di sostanza. Tu non hai che a scegliere. Esse vivono a Incirano con una zia che fa loro da madre, perchè le poverine hanno perduto i parenti e non hanno si può dire nessuno al mondo. Sotto questo aspetto tu fai quasi un'opera di carità. Va a mio nome, cerca della zia, mettiti nelle sue mani e lascia fare alla provvidenza.

Eccomi qui. Ora le vedrò e dovrò scegliere tra le due….

vede sul tavolino alcuni ritratti in piccole cornici.

Forse questo è il loro ritratto. Carina questa col suo profilo greco, con que' capelli pettinati alla Niobe. Forse questa è il ventitrè.

Ma anche questo ventiquattro non c'è male. Forse questa è bionda, e questa è bruna. Chi mi consiglia? Il biondo è più romantico, più… simbolico… troppo Svezia e Norvegia. Il bruno è quasi sempre segno di un carattere ardente, geloso… troppo Spagna e Portogallo. Che ti dice il cuore, Nicolò? ventitrè o ventiquattro?…

pesa nelle mani i due ritratti.

Sentiremo il consiglio della zia, che nella sua esperienza saprà guidare un povero uomo sempre incerto nel cammino della vita.

indicando un altro ritratto grande.

Certo questa vecchia cuffia è la zia dei buoni consigli. Lei conosce le due ragazze e saprà dirmi quale delle due ha più disposizioni al settimo sacramento. Per me capisco, che se dovessi scegliere, farei la fine dell'asino che, messo tra due fasci di fieno, si è lasciato morire di fame. Zitto, qualcun si avanza!

Si alza, fa una rapida toilette allo specchio.

Forse è la vecchia zia. Animo, su, coraggio. Sei stato a Custoza, corpo d'una baionetta, e devi aver paura d'una vecchia cuffia?

TERESITA
una vedovella ancor giovane, simpatica, vestita con finissima semplicità e con molto buon gusto. Fa un inchino a Nicolò, che resta un istante imbarazzato.
Signore….

NICOLÒ.
Signora….

TERESITA.
Lei ha bisogno di parlarmi.

NICOLÒ.
Sissignora… cioè… veramente mia sorella Giacomina mi ha detto di chiedere della zia delle signorine, la vecchia zia, sissignora….

TERESITA.
Sono io la zia delle signorine….

NICOLÒ
sorpreso.
Ah, lei fa da madre alle due orfanelle….
Avvicinandosi riconosce una antica amicizia.
Oh, ma scusi, noi ci conosciamo. Ah, chi l'avrebbe detto dopo tanti anni? Lei, lei è la
signora Teresita….

TERESITA
fingendo di cader dalle nuvole.
E lei è il signor Nicolò…. Guarda che combinazione! ma si è fatto così grasso….

NICOLÒ
ridendo con un po' di confusione.
Credevo che volesse dire: così vecchio!

TERESITA
amabile.
Si è viaggiato insieme sulla strada della vita. Guarda che combinazione!

NICOLÒ.
Guarda che combinazione!
Segue un brevissimo imbarazzo d'ambo le parti.
Io credevo che la zia fosse una signora in età, colla cuffia.

TERESITA.
La cuffia verrà… è in viaggio. Ma prego si accomodi, signor
Nicolò….
Indica la sedia e siede lei per la prima.

NICOLÒ
ripetendo materialmente.
Guarda che combinazione….
Prende la sedia, vi si appoggia, ma non vi siede.
Ma da quanto tempo non ci vediamo più?

TERESITA.
Oh è un gran pezzo! A che cosa devo attribuire l'onore della sua visita?

NICOLÒ
giocando colla sedia che fa girare sotto la mano.
Mia sorella Giacomina mi ha detto: Va a Incirano, cerca della zia delle sorelle Bellini ed
esponi il tuo caso.

TERESITA.
E qual è il suo caso?

NICOLÒ.
Il mio è un caso, dirò così, di coscienza: ma ora non so se devo parlarne.

TERESITA.
Perchè non deve parlarne?

NICOLÒ
facendo girare più forte la sedia sotto la mano.
Perchè... io...
dà in una risata allegra
perchè io credevo che la zia fosse una cuffia....

TERESITA
ride anch'essa mentre sì abbandona nella poltrona.
Dunque è alla cuffia che lei desidera parlare.

NICOLÒ.
No, stia buona, ora le dirò il mìo caso. Ma è certo che, se avessi potuto immaginare di trovar qui lei al posto della... cuffia...
ride
non sarei venuto.

TERESITA
un po' offesa.
Non merito dunque la sua confidenza?

NICOLÒ.
Lei merita tutto, ma il mio caso è di quelli che hanno bisogno di molta indulgenza.

TERESITA.
Ma sieda....

NICOLÒ
mettendosi a sedere sull'angolo della sedia.
Intanto mi dica: come si trova qui a far da madre a queste due bambine?

TERESITA.
Una serie di dolorose circostanze.... Oh sapesse quante disgrazie! Morti i parenti di queste due povere figliuole, ho pensato ch'io potevo essere utile in questa casa.

NICOLÒ
esitando.
Ma scusi. Lei non aveva sposato quel marchese?

TERESITA
molto riservata.
Sì.

NICOLÒ
C. S.

E…. suo marito?

TERESITA.
È morto.

NICOLÒ
con una certa sorpresa.
Ah! è morto anche lui….

TERESITA.
In duello a Parigi.

NICOLÒ.
In duello a Parigi…. Guarda, guarda.

TERESITA
dopo un breve pensiero.
Ma non parliamo dei morti. Quel che è passato, è passato.

NICOLÒ
astratto in una sua idea.
O bello, o bello…

TERESITA.
Che cosa?

NICOLÒ
si corregge, si fa serio, si alza.
Mi rincresce di aver risvegliato delle dolorose memorie. Mi scusi….
in atto di congedarsi
mi perdoni….

TERESITA
restando seduta.
Ma che cosa fa? lei non mi ha ancora detto lo scopo della sua visita.

NICOLÒ.
È vero, ma io non so nemmeno se la mia visita abbia uno scopo. Giacoraina doveva avvertirmi di queste circostanze.

TERESITA
con tono quasi materno.
Bene, si accomodi. Giacomina mi ha scritto tutto. Lei e venuto a Incirano per uno scopo molto lodevole e molto onesto. Vuol prender moglie.

NICOLÒ
affettando una certa sicurezza.
Sì, voglio prender moglie.

TERESITA
ridendo con gaiezza simpatica.
O bello, o bello...

NICOLÒ
un po' mortificato.
Che cosa c'è di bello?

TERESITA.
Bello che il signor Nicolò voglia finalmente prender moglie.
ride.

NICOLÒ
serio.
Non rida o mi scoraggia.

TERESITA.
Ci ha pensato un pezzo il signor Nicolò.

NICOLÒ
in tono di rimprovero.
E di chi la colpa?

TERESITA.
Di chi?

NICOLÒ.
Ah Teresita! non si dovrebbero ricordare certe cose....
picchia nervosamente il bastoncino sul cappello.

TERESITA
gravemente.
Proprio!

NICOLÒ.
E tanto meno si dovrebbe ridere.

TERESITA
sospirando.
Si ride quando si è finito di piangere.

NICOLÒ
con una punta d'ironia.
Beata lei che ha finito! Le donne son così facili a dimenticare....

TERESITA.
Si dimentica... per non odiare.

NICOLÒ.
Io non ho meritato il suo odio.

Con un leggero tono di sarcasmo.
A ogni modo la donna che sposava il marchese di San Luca deve aver trovato nel fasto del suo blasone qualche conforto a' suoi dolori.

TERESITA
offesa.
Nicolò, non dite queste parole che offendono una donna che fu già troppo infelice nella sua vita. Voi sapete come sono andate le cose. Il mio matrimonio fu per me una di quelle necessità che il solo cuore d'una donna sa comprendere e sa compatire. Voi sapete che mio padre era un uomo rovinato, che sulla nostra casa stava il disonore e il fallimento, che soltanto un matrimonio di convenienza poteva salvare una vecchia esistenza dalla disperazione. Allora voi eravate un giovine ufficiale senza fortuna, nell'impossibilità di mettere una casa. Poi venne la guerra e voi partiste per il campo....

NICOLÒ
con amarezza.
E quando tornai dai pericoli della guerra, seppi che Teresita Morando era diventata la marchesa di San Luca.

TERESITA
con un moto di ribellione.

Già, e non pensaste nemmeno ch'io avessi potuto fare quel passo per un sentimento di abnegazione e di dovere. Voi pensaste solamente e semplicemente che Teresita Morando, ragazza vana, leggera, smaniosa di brillare, inebriata all'idea di portare una corona sul suo biglietto di visita, avesse dimenticato volontieri il povero tenente per darsi nelle braccia di un vecchio nobile... sciupato dai piaceri. Questo solo voi avete pensato: e non sareste stato un uomo se aveste pensato altrimenti. L'egoista non è obbligato a compatire e meno a comprendere... e tanto meno a perdonare.

NICOLÒ
si alza, resta un istante come combattuto, e mormora:
Se sapeste invece quanto ha sofferto questo egoista!

TERESITA
alzandosi anch'essa.
E quest'ambiziosa oh! non ha forse sofferto! no. Rapita dai bagliori de' suoi diamanti questa vittima incoronata non ha versata mai una lagrima.... Nei tre anni del suo matrimonio con quell'infelice boulevardier essa passò di trionfo in trionfo... invidiata da tutte le miserabili che non hanno una corona sulla carrozza... e un supplizio nel cuore.
Abbandonandosi alla sua passione.
Voi non vi siete più occupato di me; ma per qualche motivo avete stentato a riconoscermi. Voi avete trovato facilmente dei dolci compensi...
Arrestata improvvisamente da una specie di
rimorso, cangia tono, e con affettata naturalezza
ripiglia.
Ma di che cosa si parla? oh buon Dio! questo non è lo scopo della vostra visita. A che pro' disseppellire cose morte e finite? Sediamo: animo, sedetevi.... Veniamo all'argomento.
Come smarrita.

Giacomina mi ha scritto.... Che cosa mi ha scritto la buona amica? che voi volete accasarvi, che è tempo anche per voi di mettere giudizio. È giusto. Sa che le povere mie nipoti son buone e brave ragazze e anch'io sarei contenta di vederle collocate. Ma sedetevi dunque, parlate.

NICOLÒ
con espressione patetica.
No, no, non ho più nulla a dire. Scusate, Teresita, io non son più degno di accostarmi a una donna....

Si ritira qualche passo per
andar via.

TERESITA.
Non andate in collera per quello che vi ho detto. Vi domando scusa se vi ho offeso. Sedetevi, ragioniamo. Accettate almeno un bicchierino di vermouth....
Toglie da uno stipo una bottiglia di cristallo e offre un bicchierino a Nicolò.

NICOLÒ
sforzandosi a rifiutare.
No, no, lasciatemi andare. Non merito più nulla. La mia vita è finita da un pezzo.

TERESITA.
Devo proprio mettermi una vecchia cuffia in testa per persuadervi a ragionare?
Nicolò accetta il bicchierino.
Se vi ho offeso perdonatemi. Voi avete per errore messa una punta di ferro sopra una cicatrice e io ho gridato di dolore. Ma ora è passato. Qua....
Lo fa sedere e siede anche lei.
Posso aiutarvi, voglio consigliarvi, perchè in fondo ho molta stima di voi.

NICOLÒ.
Io invece non ho nessuna stima di me. Io ho sempre creduto che non valesse la pena di voler bene a una donna. Ho atrocemente sofferto, ma non per pietà della vittima inghirlandata. Ho sofferto solamente per il mio orgoglio ferito. Avete detto bene poco fa. Il mio nome è Egoista. Quando un uomo non è capace di comprendere, di compatire, di perdonare, non merita più che una donna gli voglia bene....
Volta via la faccia alquanto commosso, tracanna d'un fiato il bicchierino, va a collocarlo sullo stipo, e si prepara a congedarsi.

TERESITA
si alza, un po' soprapensiero.
Permetta che le presenti almeno le bambine. Per quanto senza cuffia so esercitare i doveri dell'ospitalità.
Dal giardino risona un campanello.
Ecco, son le ragazze che tornano colla governante.

NICOLÒ
cercando di sfuggire.
No, no, non voglio veder nessuno; non voglio lasciarmi vedere.

TERESITA.
Mettiamoci qui, dietro a questo paravento. Da qui possiamo vederle senza essere veduti.
Conduce Nicolò per mano fin presso la porta dietro un paravento e indica le ragazze che passano in giardino.
Guardi la prima, la bionda, ha ventidue anni, è un angiolino di bontà, piena di sentimento. L'altra, la bruna, Annetta, è un carattere più serio, ha molto ingegno, conosce molto bene la musica....
Nicolò, stringendo la mano di Teresita, trascinato dalla forza dell'antica passione, posa un bacio sui capelli di lei e resta come fulminato dalla sua stessa audacia.
Teresita, sfuggendogli, dice con accento di profondo rimprovero, ma senza ira:
Che cosa fa, Nicolò....
va a sedersi e nasconde la faccia nelle mani.

NICOLÒ
dopo essere rimasto un gran pezzo come trasognato, si accosta pianino a Teresita e con voce sommessa piena di note tenere e appassionate, dice, quasi curvo su di lei:
Io non ho conosciuto che una donna nella mia vita e basta! la bionda, la bruna, la sentimentale e la donna assennata, tutte le bontà e tutte le bellezze di una creatura di donna son già passate nel mio cuore il giorno che vi siete passata voi, Teresita. Voi vi avete lasciato un modello così sublime, che, al confronto, tutte le altre mi sembrano immagini sbiadite. Chi ama bene una volta ha amato per sempre. Il destino non ha voluto che voi foste mia, e amen! È bene che io non guasti il mio ideale. Se Giacomina non mi avesse cacciato qui, io non sarei venuto mai a questa ricerca di commesso viaggiatore. È peccato sciupare l'amore vivo con degli amori artificiali; non barattiamo l'oro colla carta.... Addio.

TERESITA
non contenta.
Che dovrò scrivere dunque a Giacomina? Che abbiamo fatto fiasco?

NICOLÒ.
Le scriverò io, se permettete. Siccome non tornerò a casa sua prima della fin del mese e forse più tardi, è bene che le mandi due righe. Se mi favorite carta e penna.

TERESITA
preparando le cose su un altro tavolino.
Intendete viaggiare?

NICOLÒ
siede al tavolino e prende la penna.
Sì, ho bisogno di cambiar aria. Son mezzo malato, mi sento vecchio e malinconico.
Andrò a Parigi anch'io in cerca di distrazione.
scrive:
Cara Giacomina....

TERESITA
seduta in disparte ha preso in mano un lavoruccio.
Parigi non è una città troppo indicata per della gente ammalata. Voi avete bisogno d'una buona infermiera.

NICOLÒ.
Cara Giacomina…. Aiutatemi a scrivere questa lettera….

TERESITA
con energia, dopo aver buttato via il lavoro.
Sì, scrivete sotto dettatura:—Cara Giacomina, siccome io sono… un uomo di poca
fede….

Nicolò scrive sotto dettatura:
qui s'interrompe.

TERESITA
comandando.
Scrivete, animo! «Son destinato a soffrir sempre per non conchiudere mai nulla.» Avete
scritto?
Si alza e passeggia un po' nervosa.

NICOLÒ
scrive.
Mai nulla…. Ho scritto.

TERESITA.
Punto e a capo. «Io non credo nella virtù della donna….

NICOLÒ.
Scusate….

TERESITA
lasciandosi sempre più trasportare dalla passione.
No, no. Dovete scrivere la vostra condanna. «Non credo… che una donna… possa aver
conservato puro il suo ideale… mentre….
parlando direttamente a Nicolò che lascia cadere la penna.
mentre intorno a lei si commerciavano gli affetti e si commettevano le più ignobili
vigliaccherie. Non credo che una donna possa sopravvivere al suo stesso dolore e alle
sue umiliazioni: non credo che possa ancora conservare intatto il tesoro de' suoi affetti e
possa compensare un uomo di averla amata bene una volta….

NICOLÒ
afferra le mani di Teresita, le porta alla bocca, inginocchiato davanti a lei.
Dunque tu mi ami ancora?

TERESITA
svegliandosi da una specie di sogno.
Che fate? io non parlavo di me. Scrivete.

NICOLÒ.
Donna di poca fede, perchè ingannarci ancora?

TERESITA.
Io parlavo di queste povere ragazze orfane.

NICOLÒ.
Esse hanno bisogno di un padre. Scrivete voi, detterò io…
La fa sedere al suo posto.

TERESITA
resistendo.
Nicolò, che cosa ho detto? io provo un rimorso…. Voi non siete venuto per me.

NICOLÒ.
Scrivete «Cara Giacomina….
Teresita si sforza a scrivere.
Nicolò detta:
Ni… co… lò mi a… ma;—punto e virgola.—Io a… mo Nicolò. Dunque t… o… to. E
Teresita non dice di no. E la cara zietta, senza la cuffietta, si lascierà finalmente baciare
la bocca da un vecchio ragazzo che l'ama da dieci anni.

TERESITA.
Odiandola….

NICOLÒ.
Sì. L'amore perchè resista al tempo bisogna come l'oro mescolarlo in una piccola lega
d'odio e di gelosia. Sì, io ti ho odiata, ti odio… perchè ti amo.

TERESITA.
Zitto, le ragazze….
Si alza un po' spaurita e con voce supplichevole soggiunge:
E andrete proprio via?

NICOLÒ.
Sicuro, bisogna che io corra ad avvertire Giacomina di queste novità.
Ve la manderò qui.

TERESITA.
Qui no: ci son troppe ragazze. Andrò io da lei. Mio Dio! e che diranno queste povere
figliuole? io che dovrei pensare al loro destino, e invece…. Bella zia che sono! ma non
sono invecchiata, Nicolò?
Va a guardarsi nello specchio.
Non sono magra e distrutta dal dolore? Non merito proprio una cuffia?
Che cosa dirà il mondo?

NICOLÒ
ridendo mentre passa il braccio nel braccio di lei.

Il mondo dirà che amor vecchio non invecchia: e che il miglior modo per prender
moglie è… di parlarne alla zia.

—Tutte le mattine la salutavo con un bel trillo di flauto (allora il flauto era di moda): e tutte le sere, prima di levarmi le scarpe, le mandavo un altro saluto con una volatina di note, che volevan dire:—Bona note, siora Nina!

—Lei, insomma, era innamorato della sua vicina.

—Come un angelo, ero innamorato. A vent'anni l'amore va tutto in fiore, e quando la sorte ti mette accanto a una bella donnina, il meno che si possa fare è di farle la corte col flauto.

—E il marito?

—Il marito d'una bella donnina è sempre un brutto mostro, un tiranno, uno scimmiotto, questo si sa. Nel caso mio, il sior Malgoni, imp. reg. impiegato alla contabilità, un omaccione linfatico e geloso, meritava qualche riguardo, prima perchè in fondo voleva bene a sua moglie, e poi perchè aveva delle amicizie in polizia e a quei tempi non c'era troppo a fidarsi. Parlo dei tempi dei tedeschi.

—Ho capito. Lei non andava più in là del flauto.

—Ero un matricolino sui vent'anni, un pò' timido, come chi non è mai uscito dal suo guscio. Qualche volta mi arrischiavo di gridare dalla finestra:—La se péttena, siora Nina! vol piovere? vol far belo, siora Nina?

—E la siora Nina?

—Sì, sior Anzolo, vol piovere, vol far bel tempo!…

—Un'arcadia!

—E non mancavano i sonetti.

—Anche i sonetti?

—Sicuro; li stampavo sul Trovatore, un giornaletto teatrale di Padova, e glieli facevo pervenire con delle iniziali molto trasparenti. Seppi più tardi che la siora Nina non sapeva leggere più in là del suo libro da messa; ma le donne, quando amano, son come i gatti; ci vedono anche al buio. Suo marito se l'era tirata in casa ancor ragazzina, con una gonnella di cotone e un paio di zoccoli sui piedi; l'aveva mandata a scuola un po' di tempo dalle monache, e quando la servetta gli parve cresciuta abbastanza, se l'era sposata per avere una compagna fedele. Il poveretto, più vecchio una ventina d'anni, pativa d'asma e di mal di cuore, ed è sempre prudenza aver qualcuno che ti assista in un bisogno e ti faccia compagnia la notte.

—Era bella?

—Bellissima no, ma un musettino gustoso di servetta friulana, con dei riccioli biondi che incorniciavano un bell'ovale colorito e sano. Gaia, spiritosa come tutte le nostre venete, la fortuna non l'aveva fatta salire in superbia. Nella sua ignoranza aveva un fascino naturale, non guasto dalle solite compassature del galateo sociale.

Gente in quella casa ce ne andava poca, tranne qualche provinciale, che capitava di tempo in tempo a trovar la Nina diventata parona.

L'unica persona di riguardo, che visitava con qualche frequenza l'imp. reg. impiegato della contabilità era il dottor Franzon, un professore della facoltà medica, compatriota del Malgoni e suo medico curante. Franzon era già una mezza celebrità fin da quel tempo per le sue fortunate operazioni ostetriche, e la gran scienza faceva perdonare in lui il naso d'aquilotto e i modi di villan scozzonato e superbo, che gli avevano meritato il titolo di dottor Grobiàn.

L'onore e la scienza di tanto uomo si riverberavano sulla modesta casa Malgoni, specialmente dopo che Franzon era salito in auge alla Corte per una felice operazione, che aveva salvato alla monarchia uno dei trecentotrentatrè arciduchini d'Austria. E poi fa sempre comodo d'aver un dottore amico, quando si soffre d'asma e di palpitazione di cuore.

La siora Nina era in una continua trepidazione davanti a un omo de tanto riguardo, molto più che Malgoni, indulgente su molte cose, diventava ancor il paron terribile, quando si trattava d'invitare a pranzo l'illustre Franzon. Guai se il manzo non era a giusta cottura! guai se il caffè non aveva quel tal profumo delicato! guai se Nina non faceva gl'inchini bene e non rispondeva a tono:—Sior sì, sor dottor; sior no, sor professor…. «Un omo che aveva delle influenze a Corte, che, con poco rispetto parlando, aveva visto un'arciduchessa in camicia, un dottor di quella forza, un professoron come Franzon, che si degna de magnar la tua minestra, non è un caso che cápita a tutti; oltre all'onore, poteva sempre far del bene a un imperiale e regio impiegato, onesto, religioso e di sani principii.»

—Ho capito. La siora Nina non si divertiva troppo.

—E no, poverina! quando i due cravattoni cominciavano a parlar di politica, e a tirare in scena la Dieta e Metternich e a parlare in barlich e barloch e in flit e futter, essa usciva volentieri col secchiello a prender l'acqua sul pianerottolo.

Era in quei momenti e durante quelle brevi scappate ch'io coglievo l'occasione per recitarle il mio sonettino, per dirle che le volevo bene, per baciarle la punta di un dito. Non più in là, s'intende.

Essa non era donna da dar confidenze agli studenti e io, povero matricolino, ero troppo ingenuo per far della concorrenza a Metternich.

La cosa andò avanti così un bel pezzo, tra un trillo di flauto, un sonetto e un secchiello d'acqua, quando Malgoni ammalò gravemente di quel suo battito di cuore e parve sul punto d'andarsene all'altro mondo.

Franzon si mise al letto dell'amico e gli usò una assistenza fraterna.

Quando non bastava il dì, rimaneva la notte accanto alla siora Nina che scaldava i brodi; e siccome ogni servizio merita compenso, e non c'è amicizia che in qualche modo non si faccia pagare, il bravo dottor e professor, forte dell'amicizia di Metternich e della sua prepotenza, credette d'onorare anche la moglie del suo vecchio amico.

La Nina, una povera servetta senza esperienza, còlta di sorpresa, nella sua suggezione, nella sua paura, al buio, di notte, accanto al marito quasi morente, dominata dalla forza d'una passione brutale e poi spaventata dal sofisma del fallo compiuto, dopo essere stata vittima, si credette quasi complice del tradimento. E tacque e simulò.

Franzon poteva fare del bene a Malgoni; ma poteva anche fargli del male. La povera donna, sprovveduta nella sua ingenua ignoranza d'ogni energia morale, credette, simulando, di evitare a suo marito un gran dolore. C'era da farlo morire di crepacuore quel pover'uomo, se gli avesse detto di qual refe era fatta l'amicizia di Franzon. E non si accorse che intanto l'uomo scaltro ed erudito la dominava con la sua stessa paura e l'appoggiava come una schiava al carro della sua colpa.

Quando tornai a Padova, dopo le vacanze, mi parve di leggere nel volto meno chiaro della bella Nina come una nota misteriosa di dolore e di avvilimento. Essa mi fece capire che aveva qualche ragione segreta di vivi dispiaceri. Malgoni stava abbastanza bene e aveva ripigliato il suo ufficio; ma l'amico di casa s'era impadronito così bene del cuore del suo malato, che ormai il pover' uomo non vedeva che per gli occhi del dottore, non parlava che per la sua bocca.

Non ci vuole che un marito per non vedere: ma la gente cominciò a mormorare. Le donnette volevan quasi far credere che il dottore mirasse ad avvelenare Malgoni colla digitale o a corroderne la vita coi deprimenti. Questa calunnia, messa fuori colla solita sventatezza delle teste piccine, non fu senza conseguenza per una fantasia riscaldata come la mia; la malinconia, il pallore e le lagrime della povera siora Nina non erano per se un terribile capo d'accusa?

Da quel dì cominciai a guardare in cagnesco il piccolo dottor Grobian, dal naso d'aquilotto, dalle spalle di facchino, che andava schiacciato sotto l'enorme tuba e infagottato nell'enorme cravattone di seta. E siccome ringhio suscita ringhio, anche Franzon imparò a conoscermi e a guardarmi in cagnesco tutte le volte che m'incontrava sul pianerottolo o nell'androne della casa. Anche lui aveva le sue spie, e qualcuno doveva avergli parlato dei miei sonetti e de' miei trilli di flauto.

Si arrestava con sfacciataggine a squadrarmi, colle mani dietro alla schiena, colle quali dimenava una grossa canna come una coda e con quegli occhi pesti pareva dirmi:— Ocio, matricolino che so tutto e ti posso far legare.—Il Trovatore, aveva delle velleità patriottiche io era allora un bel giovinotto, con un bel pizzo di barba: e anche quel po' di barba poteva essere interpretata come un'idea sovversiva. Parlo dei tempi dei tedeschi.

Messo tra un marito geloso e un ringhioso amico di casa, il meno che potessi fare era di usar prudenza, di rimettere il flauto nell'astuccio, di sacrificare qualche sonetto, di compatire da lontano a una povera donna caduta come un'agnella negli unghioni d'un orso buono e stupido e di un lupo furbo e affamato.

E le cose sarebbero andate avanti un pezzo così, e sarebbero fors'anche finite in qualche maniera colla pace e colla noia, se tutto ad un tratto l'illustre Franzon non fosse stato ufficiato ad assumere la direzione dell'Ospedale delle partorienti a Venezia, carica che portava il grado di medico di Corte e il titolo di cavalier della Corona di ferro. Bagatella!

Questa nomina che lusingava la sfrenata ambizione e l'avidità del bravo ginecologo, poteva essere per la siora Nina una vera liberazione.

Ma la poverina aveva fatto i conti senza il lupo. Franzon non era un uomo da rinunciare troppo facilmente a una passione e a una comodità, neanche per l'onore della Corona di ferro. Scrisse da Venezia all'amico che c'era una bella combinazione, un posto vacante alla contabilità di quella delegazione, con qualche vantaggio di soldo, che lui poteva raccomandarlo a persone influenti: e poi tornò a scrivere che l'aria delle lagune più calma, più carica di sale, era fatta apposta per i mancamenti di respiro; non perdessero tempo, inoltrassero subito una domanda all'I. R. delegato: al resto pensava lui....

—Il lupo voleva avere la pecorella vicina....

—Precisamente così. La povera Nina che di quella maledizione ne aveva abbastanza, usò di tutta la sua influenza presso il marito perchè non si movesse; gli dimostrò che a Padova stavan bene, che vi avevano amici e parenti, una bella casa, tutte le migliori comodità, mentre un trasloco è una tempesta, un danno, un fastidio infinito. Pregò tanto, carezzò tanto la barba grigia del suo Malgoni, che costui, pigro già la sua parte e nemico dei trambusti, finì col ringraziare l'amico lontano e disse di no. Questa risposta non fece che aguzzare la voglia dell'illustre ginecologo e colla voglia il dispetto e la rabbia. Tornò a scrivere; ma vedendo che sprecava il suo inchiostro, e che Malgoni era deciso a non muoversi, cominciò a insinuare bel bello qualche sospetto nell'animo dell'amico. Gli fece capire che la Nina aveva qualche motivo di non abbandonar Padova, città allegra, piena di studenti e di capi scarichi, che fanno all'amore coi sonettini e coi trilli di flauto....

—Birbo!

—....Tre volte birbo! Il marito, facile a insospettirsi, aprì gli occhi, osservò dissimulò, e può essere che cogliesse qualche segno a volo. Ma non volendo far scene per paura d'uno scandalo, una sera, detto fatto, annuncia alla Nina che aveva accettato il posto: si preparasse a sbarazzare la casa e a partire per Venezia.

La povera donna, che cominciava appena a respirare e a godere la sua libertà, còlta in un momento cattivo, dichiarò a Malgoni che lei a Venezia non sarebbe andata....

—Ah! tu non vuoi venire?—gridò con voce ironica il vecchio geloso: e siccome l'amico lontano in quei giorni aveva avuta la bontà d'inviargli tutta la raccolta de' miei sonetti innocenti, in cui il nome di Nina tornava spesso a rimare con divina, armato di quei documenti, si scagliò sulla povera donna e cominciò a batterla.

—So tutto, svergognata! so tutto, brutta traditora, senza cuore e senza carità. E tu fai all'amore, mentre hai il marito malato, quasi moribondo? e tu dimentichi così il bene che ti ho fatto, brutta servaccia?

E siccome non cessava di picchiare con un pezzo di riga sulla spalla e sulla testa della povera donna, alle grida, ai pianti di costei, sì risvegliò la casa, si aprì qualche finestra, comparvero dei lumi e cominciarono gli uhè…. di sotto e di sopra.

La Nina che non capiva bene per colpa di chi la battesse il suo padrone, aveva cercato di scappare dall'uscio sul ballatoio; e fu allora che il vecchio esasperato, pensando che volesse fuggire di casa, le sbarrò il passo, l'afferrò pei capelli e la fece strillare come un'aquila.

Era troppo ormai anche per un matricolino. Corsi di sopra, piombai su quel disperato, che al mio comparire si fece livido; poi non so dire quel che sia avvenuto.

Pare che l'emozione fosse troppo forte per il vecchio malaticcio, o che una violenta stretta di cuore soffocasse insieme la bile, il sangue e la vita.

Cadde come un sacco slegato, lo circondarono, lo portarono sul letto, e nella notte stessa morì, con infinito spavento della povera Nina, che s'immaginava quasi d'averlo ammazzato.

Due giorni dopo questi fatti alcuni compagni corsero a casa mia ad avvertirmi che avevano arrestato Branchetti, il direttore del Trovatore e che la polizia era in cerca di me. Non era il caso di stare ad aspettarla.

Le guardie entrarono in casa mia e sequestrarono le carte, le robe, il flauto. Padova non era più aria buona per me: e per non aspettare di peggio, la notte stessa presi la strada del confine.

—Era anche questo un intrigo di Franzon?

—….Còlto nel segno! Coll'ingegno che natura gli ha dato, egli aveva saputo dimostrare alla polizia centrale di Venezia che a Padova si congiurava contro l'ordine costituito e che un branco di giovinastri mazziniani nelle conventicole del Trovatore inneggiavano all'Italia sotto l'allegorico nome di Nina,

—Che talento! Non poteva vendicarsi con più spirito. E come finì?

—Finì che, morto Malgoni e venuto al mondo, sei mesi dopo il funerale, un bel maschietto, la povera Nina trovò ancora della sua convenienza di andare a Venezia e d'acconciarsi in casa del suo nuovo padrone e tiranno; il quale qualche tempo dopo trovò della sua convenienza anche lui di sposare la vedova e tirarsi in casa quel po' di ben di Dio che Malgoni le aveva lasciato sul testamento. La siora Nina dev'essere morta qualche tempo prima che entrassero gli Italiani in Venezia.

—Bella storia! e Franzon?

—Franzon sano, robusto, vispo come un pesce, di trionfo in trionfo, oggi è diventato una mezza illustrazione della scienza europea. Si dice che alla prima infornata abbiano a farlo senatore.

—….È naturale! Non son più i tempi dei tedeschi.

Man mano che il Natale, col suo regalo di neve, si avvicinava, si facevano sempre più spaventosi i rimorsi di quella ragazza: perchè la sua mamma poveretta, era morta appunto una mattina di Natale, mentre la Gina non toccava ancora i nove anni, e il pensiero della mamma, anche in mezzo alle più sciocche vanità della vita, aveva sempre conservato per la giovane un certo qual profumo, come di fiori d'altare. Oggi, passati molti anni da quel giorno, la Gina aveva abbandonata la casa paterna, per venire a cercar fortuna in città. Giunta a Milano col canestrino di fiori, perchè era bella, se l'erano messi d'attorno i giovinotti e uno fra' tanti che l'aveva tentata, pareva che le volesse bene; così almeno egli giurava sempre, toccandosi colla mano il posto del cuore. E veramente, ne' primi tempi, fu per la Gina una specie di sogno. La stagione era viva, la città allegra e piena di gente, gli amici cortesi; per cui ella potè facilmente guadagnarsi un appartamento tutto per lei, con specchi, dorature, cortine di seta, e un gabinetto chinese con una specchiera, che pareva un reliquiario. E dire che la Gina alla Ghiacciata s'era lavata il viso le dodici volte nel secchio! ma fortuna e dormi, dice il proverbio, ossia chi bella nasce ha la dote nelle fasce. I fotografi amavano ritrarla in grande, per farne dei quadri agli angoli delle vie: un cappellino, portato dalla Gina, poco mancava che diventasse subito di moda e se le signore—quell'altre—non andavan dietro al modello, gli era soltanto per non dimostrare che la Gina fosse più bella di loro. Tuttavia anche sotto quella cipria, anche in mezzo alla spuma frizzante di quella vita, fra le garze e i nastri color di rosa, la Gina provava nel cuore una specie di puntura, come se una spina vi si fosse rotta dentro; e in fondo ai cartocci pieni di cose dolci, che le regalavano a teatro, sentiva sempre un amaro di legno quassio, perchè il peccato non si sputa fuori, nè tutte le macchie si lavano col sapone. Anzi, quanto più pareva che il suo occhio di gazzella fosse talvolta rapito in una apoteosi dell'opera, e in una contraddanza di driadi ed amadriadi, tanto più il suo pensiero sprofondava nelle fessure della coscienza e le accadeva di vedere, fra le piante della scena, spuntare un campanile aguzzo, colla crocetta in cima, o la siepe dove soleva curare le oche, o il pergolato e il ballatoio di legno, coll'insegna della Ghiacciata, la famosa osteria del suo babbo.

Fanciulletta vi era cresciuta, a piedi nudi, col bel musetto sporco, coi capelli in furia, cogli occhi neri e lustri come il carbone, amata prima dalla sua mamma, odiata poi dalla matrigna, che aveva una ragazza brutta e storta.

Quando la matrigna aveva gente, la Gina scappava di sopra, apriva un guardaroba, ne toglieva una veste lunga, per il gusto d'indossarla e di fare la coda sull'ammattonato, passeggiando innanzi allo specchio con una ventola in mano, di penne di tacchino. La matrigna ne la pagava poi con sferzate di vero legno di nocciuolo, o con schiaffi per il gusto che avrebbe voluto anch'essa di voltarle la faccia. Ma la faccia della Gina si faceva sempre più bella, come se le ceffate finissero d'aggiustarla: gli occhi, spesse volte lagrimosi, acquistavano una profondità infinita, come chi guardasse nell'acqua del mare, e così spuntò la primavera dei suoi sedici anni. All'osteria della Ghiacciata, che aveva d'intorno un bel boschetto di carpini e di sambuco, venivano al primo aprirsi della primavera, molte comitive in carrozza, di giovani e di donne bellissime, che dopo il pranzo si mettevano a ballare sul battuto. Il Toppa, un cretino dalla gola gonfia e dagli occhi malati, suonava l'organetto per muovere certe scarpette di seta, che il diavolo, io credo, suggerisce ai parigini per far perdere la strada alle anime innocenti. Anche la Gina imparò a ballare, cioè quando ci si provò la prima volta, si meravigliò essa stessa di saperlo fare. È vero che essa aveva ballato molte volte ne' suoi sogni, quando, a quindici anni non si dorme inutilmente; ma tutti dicevano che danzava di scuola, e che pareva di portare una piuma, se si appoggiava al braccio del cavaliere.

Imparò anche a far dei mazzolini e vide in seguito che i fiori stavano bene in un canestro di vimini. Una volta che una di quelle signore dimenticò un cappello di paglia, a foggia di paniere, colla tesa larga e piovente, la Gina se lo provò sul capo, e vide che pareva anch'essa un fiore nel paniere. Ci pensò un poco; ogni mattina, da un pezzo in qua, soleva correre incontro al procaccia, per togliergli di mano un biglietto ricamato con una corona di conte, Ci pensò un pezzo, finchè una volta che la matrigna osò buttarle il cencio dei piatti sul muso, non disse nulla, ma scrisse due righe sopra un foglio. Due giorni dopo, col pretesto che andava in chiesa a messa, nel suo scialletto nero, prese la strada postale, camminò nella polvere e sotto il sole per un bel tratto, finchè giunta allo svolto, dov'era una gran siepe di robinie, scoperse una carrozza. Il cuore fe' sulle prime un gran schiamazzo, che non facevano l'eguale le sue dieci oche nei giorni di temporale; sostò, chiuse gli occhi un minuto, e quando li riaprì, credette quasi che l'aria fosse infocata, Qualcuno la spingeva bel bello: una voce sussurrava al suo orecchio; la carrozza fece il resto.

Dopo tre mesi di vita gaja, la Gina ammalò di tifo: e se non era una vecchierella di buon cuore che si pose a curarla, presso il guanciale, gli amici l'avrebbero lasciata morire come un cane, nel suo bel gabinetto chinese. Quando potè cacciare le gambe dal letto e si guardò nello specchio trovò che, meno gli occhi, molto di bello se n'era andato: i capelli se li sentì pochi nelle mani, non così però che con un po' di belletto, e con qualche truciolo finto ella non potesse sperare di vincere ancora la sua fortuna. Uscì per le strade a vender fiori, ma visto che la gente non credeva più alla Gina di prima, pensò al modo di diventare un'altra Gina, poveretta! La vecchia signora, che l'aveva curata con tanto amore, le offrì ricovero in casa sua, in una viuzza tranquilla e fuor di mano, dove il sole non scendeva un momento, che per scappar via. Passò l'estate. L'autunno venne innanzi col suo tabarrotto di nebbia: venne anch'esso il dicembre nella sua pelliccia d'ermellino, e lassù intanto, in quelle quattro stanze, colava l'aria fredda, livida, inzuppata dì malinconia. Quando la Gina sentiva qualche cosa alla gola, che minacciava di strozzarla, usciva in cerca di sole, rubando cogli occhi l'ultimo verde, che spenzolava dai rami degli alberi. Si avvicinava il Natale, l'anniversario della sua povera mamma. Il profumo del lauro, la vista del muschio, degli aranci, dei presepi, dei balocchi di legno verniciati, esposti nelle botteghe e sui banchini, risuscitavano una folla di reminiscenze, un polverìo, come sopra una strada pesta da cavalli sfrenati. La Gina se ne tornava a casa, colla febbre nelle ossa, colle guance riarse, con una gran sete: si accoccolava per terra, sotto la finestra, al buio, o cogli occhi incantati sui fiocchi di neve che cadevano; nelle ore di notte che non poteva dormire, o che dormiva così a sbalzi, coll'animo sospeso e co' piedi freddi, essa si lasciava andare a ripensare le belle carte di torrone, che.... una volta il babbo le regalava, delle quali ne aveva un fascio in una scatola, quali screziate d'oro e d'argento, quali con bei lembi color cielo, color vestito della Madonna, altre gentili come le perle, altre accese come il fuoco; e ne faceva vesti alle sue bambole di carta, alla Ghiacciata, se ne ornava ella stessa le orecchie, tagliuzzando le laminette di paglia d'oro, tintinnanti; quasi il destino avesse dovuto prepararle, per i suoi begli occhi, una corona di diamanti, come a una principessa.... Così pensava fredda fredda nel letto.

Ahimè! la corona l'aveva avuta sul capo, non importa se di gemme false. L'acqua era scesa per la sua china, trascinandola verso il mare; ma che mare! meglio il pantano, ove andavano guazzando le sue oche nei tempi di secco. Se ne sentiva sudicia l'anima e la bocca. Non pareva più il suo corpo, tanto le vesti le scappavano giù e i capelli si irritavano sul capo come lische. E intanto correva per le vie il santo Natale, caro ai bambini, a suon di piva, circondato il capo d'edera e di muschio; ogni masserizia era pulita e benedetta: ogni piedino aveva le sue calzette di lana, bianche o a liste di colore; s'imbandivano le mense accanto al fuoco, dove bruciava il lauro, spandendo un profumo di presepio e di Betlemme. V'era della gente al mondo, felice per un cavalluccio di legno scoperto in una scarpa, e delle barbe grigie, che piangevano di gioja per due righe di rampini, scarabocchiati e dedicati al nonno. Perchè la felicità è per sè stessa una cosa leggera e porta in alto il cuore che sa contenerla.

—Gina!—gridò la voce della vecchia dal fondo della scala.

Gina era fuggita. Scivolò al bujo dalle scale, corse pel vicoletto, scappò via, mentre accendevano i primi lampioni.

Non nevicava, ma tanta era stata la neve caduta sui tetti, sui campanili, sugli abbaini, che la città pareva lì per perdere il respiro. Per la lunghezza delle vie, e per le piazze profonde, le flammelle del gas, fatte rossigne, si stringevano in sè, come se temessero pure di dover morire di freddo; poche, frettolose, le persone rasente ai muri; dagli archi delle botteghe chiuse, dalle finestre delle osterie, dalle case, traspariva quella luce velata e calda, che ha dentro di sè il fumo delle pentole e la ciarla della gente allegra. Voltò per via Larga; di là pel corso, verso porta Romana, dov'era la strada per la Ghiacciata. Sperava di arrivarvi in meno d'un'ora, non in carrozza, come sei mesi fa, quando era partita, non fra due filari di pioppi verdi, ma con un santo orgoglio, che la sorreggeva, che le riempiva gli occhi di lumi: al di là dei lampioni, oltre i gabellini, oltre la cerchia delle mura, che la serravano come l'anello d'una ruvida catena, anche in mezzo alla neve, alla nebbia, ai fossati, alle pozzanghere oscure, rasente ai cimiteri, la Gina vedeva la libertà; fuggiva, come se dietro i suoi passi corressero proprio ad inseguirla, e, voltandosi, guardava con spavento la mole confusa e nebbiosa della città. Presso i bastioni si trovò quasi perduta in un campo di neve. Le guardie, in un cantuccio del dazio, stavano scaldandosi intorno a un braciere, discorrendo sottovoce con aria di malcontento: al di là, quando cioè la Gina ebbe varcate anche le case del sobborgo, si trovò nel deserto addirittura, come le venne in mente d'aver letto, all'incirca, d'Elisabetta negli Esiliati in Siberia, quando giunge alle rive del Kama. La strada correva fra due fossati: non un carro, non un lume, non l'abbajare d'un cane. Ma non per questo cessava d'andare; il negro, che sia sfuggito al flagello del piantatore, non respira con tanta voluttà l'aria delle selve, quanto una coscienza, che si snodi da un'abbiezione morale e torva, cerchi di tornare alla stima di sè stessa. La Gina camminava nella neve, scendeva nelle pozze, nel ghiaccio, nella mota, contenta di dover vincere quegli ostacoli, come se, passando attraverso quella grande tribolazione, dovesse poi uscirne purificata. Era scomparsa un giorno d'estate fra un polverìo bianco: voleva ricomparire al disotto d'un nembo di neve; così della Gina si sarebbe dimenticato quel tempo, come se fosse stato un sogno.

Camminò forse un'ora, senza mai sentire il freddo che le sbatteva sul viso; per la lunga eccitazione del suo spirito, ella finiva, sto per dire, col camminare sopra i propri pensieri. Certamente non vedeva l'ombra delle piante, nè i mucchi di ghiaja che costeggiano la strada, sotto uno strato di neve; se li avesse veduti, ne avrebbe preso maggior spavento, quasi fossero tanti cataletti posti in fila. Molte sue amiche eran camminate al camposanto collo strato bianco, e dietro aveva cantato anch'essa le litanie della Madonna, intonando il Mater purissima. E cammina, e cammina. Ecco finalmente che da' casolari, che sorgevano a destra e a manca della strada, sprofondati nel più fitto della notte, vede uscire, anche qui, quella luce velata e calda, che ha dentro di sè il fumo delle pentole e la ciarla della gente allegra. Anche per questi luoghi morti e quasi disabitati era passato il santo Natale, caro ai bambini, a suon di piva, circondato il capo d'edera e di muschio. Udiva delle canzoni, ma la strada continuava sempre deserta, sempre bianca lungo i fossati in cui gorgogliava un'acqua cieca piena di misteri. Finchè le parve di ravvisare, allo svolto di una gran siepe secca, il luogo, dove sei mesi fa era salita per la prima volta in carrozza, a guisa di certe povere ragazze delle favole, amate da principi. Quindi ravvisò anche il campanile aguzzo colla crocetta in cima, e fu per cadere come morta; ma la tenne ritta il pensiero che il più difficile era fatto e che, se Dio le avesse dato di poter rientrare nella sua casa, non solo ella avrebbe saputo trangugiare tutti i bocconi amari, ma si sarebbe chiamata felice di ottenere una scodella per carità e di far la serva alla sua matrigna. Giunta all'orlo della siepe di sambuco, che cingeva il giardino della Ghiacciata, guardò attraverso e vide che le finestre della vasta cucina brillavano; sotto stava il Toppa, attaccato all'organetto, e suonava una bella mazurca; la sua faccia giallognola e cretina sorrideva, mentre di dentro andavano e venivano delle ombre sulla cadenza della musica.

La matrigna aveva invitato quel giorno Anselmo il mugnaio con suo figlio Gerola, un buon cristiano, zotico come un tronco, ma danaroso: da un pezzo la donna vi aveva messo gli occhi sopra per darlo, se si poteva, alla sua Carolina, che un migliore non ne avrebbe potuto trovare in questo mondo. Era stata contenta in cuor suo che la Gina, sdrucciolando come aveva fatto, avesse sbarazzata la casa da una terribile rivale.

La Gina si accostò all'uscio; non piangeva, anzi, se si deve dirlo, si sentiva un coraggio e un'energia, di cui ella stessa si meravigliava. Il suo babbo era sempre il suo babbo e una donna, messa alle strette, non ha mai il cuore di respingere un'altra donna— pensava—quando implora compassione per amor di Dio.

Picchiò una volta e non fu udita.

Aspettò che il Toppa finisse di strimpellare e tornò a picchiare più forte.

Questa volta qualcuno intese; la chiave scricchiolò e il volto della matrigna apparve nella fessura dell'uscio.

—Chi è a quest'ora?

—Sono io, la Gina.

Il Toppa tornò a suonare, e il baccano, che sorse di dentro, impedì che altri potesse udire questo discorso.

—Sei tu, sgualdrinella? va via, non ti conosciamo.

—Per amor di Dio....

—Sei venuta in carrozza?

—Per carità, almeno per questa notte….

—Questa notte meno che un'altra.

—E dove andare a quest'ora?

—Va dalla tua mamma.

E chiuse l'uscio con furore, e girò due volte la chiave: parve a un tratto che di dentro si raddoppiasse la festa: la Carolina ballava con Gerola, e l'ostessa menava a tondo Anselmo il mugnaio, che non poteva reggersi sulle gambe. Il babbo dormiva nell'angolo nero del camino. La Gina non si accorse che intanto ripigliava a nevicare; non si accorse nemmeno che l'acqua entrava nelle sue scarpe; nè che le vesti strisciavano per terra. Non si sgomentò.

—Andrò dalla mia mamma,—disse sottovoce, con un senso amoroso, la povera Gina. Conosceva bene la strada, perchè tutti gli anni soleva la mattina di Natale portarle un mazzo di fiori secchi, o un nastro ricamato. Quest'anno l'ora era un po' tarda, ma la sua mamma l'avrebbe ricevuta.

Attraversò le vie deserte del paese: conobbe la strada del camposanto; spinse il cancello, che cedette.

—Essa m'ha aperto,—mormorò la Gina.

Traversò il piccolo campo, finchè vide una croce di legno, mezz'arrovesciata nella neve; ne sbarazzò le braccia, e cadde giù, esclamando con uno schianto:—M'han detto di venire da te, mamma.

E piangendo cercò di chiederle perdono; si attaccò al legno con una stretta affettuosa di chi sente un cuore vicino, che risponde al suo. Poi chiuse gli occhi, per dormire accanto. La neve cadde alta tre spanne quella notte e tutti dicevano che avrebbe fatto bene alla campagna.

STORIA DI UNA GALLINA.

Vìvevano una volta due vecchi sposi. Egli non si chiamava Taddeo, ma Paolino, ed essa, la signora Brigida, buone anime entrambe. Il sor Paolino lavorava in canestri e la moglie in raggiustare le calze; dopo trent'anni, si volevano bene come il primo giorno di matrimonio, anzi, invecchiando, miglioravano nell'amore, come il vino nelle botti suggellate. Se il Cielo mi concedesse tanto buon tempo che io potessi raccontare giorno per giorno la vita del sor Paolino, e della sora Brigida, crederei di giovare col mio libro a' miei simili, ben più che con un trattato di meccanica celeste: perchè, dopo tutto, l'amore e la benevolenza sono il pernio, sul quale la ruota del mondo gira senza stridere. Ma poichè questa consolazione non mi è concessa dalle circostanze, racconterò almeno in quest'occasione del santo Natale un episodio della loro vita, che farà piangere, io credo, tutte le anime sensibili. Beato chi piange, e una lagrima, dice un libro chinese, è più grande del mare.

Dopo l'esperienza fatta negli anni passati e sempre in loro danno, i nostri buoni vecchietti eran venuti entrambi del parere di allevare in casa una gallinetta, per vederla crescere sotto i loro sguardi all'avvicinarsi di queste ultime feste dell'anno, togliendo così il pericolo, tanto comune oggidì, di dover mangiare una cosa per l'altra o fors'anche una porcheria. E poichè sono sull'argomento, si sa oggimai che, se tutte le lepri, che si mangiano all'osteria potessero parlare, i topi non starebbero a sentirle; come, per altra parte, accade spesso a qualcuno, mentre siede col suo pezzo di manzo sul piatto, di vederselo scappar via al suono d'una frustata. La lepre è gatto, il bue è cavallo, e così via il vino è aceto, l'aceto è veleno; non c'è speranza che nel tempo, quando, cioè, le cose saranno diventate così naturalmente false, che per cambiare torneranno quelle di prima. Ma intanto i nostri vecchietti, giunti sulla sessantina, dovevano per obbligo di coscienza guardarsi dalle cose false e tener da conto lo stomaco: non meritano lode, se all'avvicinarsi delle feste comperavano una gallinetta viva per nutrirla colle loro mani?

La cara bestiola passeggiava per casa da circa tre mesi, chiocciando, piluccando, ruspando, come fanno tutte le sue pari. Brigida, mentre suo marito stava alla bottega, soleva discorrere con lei o le tagliuzzava foglie di verze, o le sbriciolava del pan di melica, invitandola a bere in una terrina bianca che pareva porcellana. Che dirò del sor Paolino? prima d'entrare si fermava dietro l'uscio chiamando chi-chi-chi; se fosse stata nelle nuvole, la povera bestia correva giù. Il canestrajo allora rovesciava le tasche in terra e ne usciva del grano, del pane, del biscotto, che la gallina bezzicava divinamente sotto gli occhi beati dei suoi padroni. Una vedova che abitava vicino al loro uscio e che, dopo la morte d'un suo pappagallo non poteva resistere a tali spettacoli, piangeva come una bambina.

—Che peccato!—disse un giorno il sor Paolino,—che peccato che la povera bestia non possa assaggiare una goccia del mio caffè! oggi ha mangiato asciutto e le farà peso.

La sora Brigida invece trovava che, stando sempre in cucina sul mattone, avrebbe patito del freddo; non che volesse dire con ciò che un paio di calzette sarebbero convenute a una gallina, ma fece in modo che Paolino stendesse almeno una vecchia stuoja presso l'acquajo. E bisogna dire che la gallina avesse veramente dei meriti, perchè con niente non si fa il buon brodo, nè la buona stima. Le penne infatti le aveva screziate sul petto e d'un bel colore rosso dorato sulla schiena; le zampe magre e svelte, l'occhio vivace e malizioso la sua parte, e ai ragionamenti dei padroni rispondeva con certi movimenti del collo, degni di qualunque ragazza da marito. Le volevano bene, dunque, non solo perchè fosse una gallina, ma perchè gli animi buoni si attaccano volentieri alle cose buone. Mentre i due vecchietti sedevano a tavola a mangiare quel po' di carne comechessia, comperata dal beccaio (nè potevano allevarsi in casa un bue come un pulcino), la gallinetta saltava su, guardava ne' piatti, ora coll'occhio destro, ora col sinistro, con tanta innocenza che i due vecchietti perdevano la memoria dell'appetito.

Ma i giorni passano per tutti. Già si discorreva delle feste, come se fossero giunte: la gente pensava al modo di passarle bene e il Natale veniva innanzi colle sue scarpe di feltro.

I nostri due buoni vecchietti già da cinque o sei giorni si vedevano sopra pensiero, come se avessero nel capo un cespuglio di spine; ma, essendo e l'uno e l'altra d'indole timida e rispettosa, per paura di farsi torto a vicenda, masticavano in silenzio il loro dolore. La gioja comune che si spande in questi giorni e che rischiara le case e gli animi della gente, non li rallegrava, anzi se qualcuno diceva:—buone feste, sora Brigida,—essa rispondeva appena, crollando malinconicamente la testa.

Anche il sor Paolino a bottega non era più lui; stava immobile, colle mani sul canestro, gli occhi fissi in terra e pensava:—Se non fosse che la Brigida ha bisogno d'un vitto sano e nutriente, chi oserebbe strappare una penna a quella povera creatura?

E la sora Brigida dal canto suo, correndo sulla calza:—Se quel pover'uomo non avesse lo stomaco disfatto, se non avesse speso per allevarla, chi avrebbe cuore?... ma dirà che sono tenerezze da donna malata, e riderà di me; come noi ci burliamo della nostra vicina.

Così passò qualche altro giorno, senza che nè l'uno nè l'altra osasser toccare quel brutto tasto.

Mancavano tre giorni appena al Natale e bisognava uscirne. Sedevano entrambi innanzi al camino, dopo un pranzo di magro fatto con certi pesci, che forse non eran pesci. Egli, il sor Paolino, andava costruendo colle molle una catasta di fuscellini, intorno a un ceppo, che bruciava vivo vivo, ed essa, la sora Brigida, in una cuffia di traliccio, colle mani sotto il grembiule, piangeva in silenzio nell'ombra.

—Credi tu, amor mio,—cominciò il sor Paolino,—che fosse veramente una tinca che abbiamo mangiato?

—Credo di no,—ella rispose stentatamente.

—Se si potesse tenerli in casa nella catinella i pesci, come si tengono i polli nella stia, si potrebbe vedere,—soggiungeva il marito per tirare il discorso sull'argomento.

Brigida si scosse sulla sua sedia e soffocò un sospiro dentro di sè per non dare segno a quel pover'uomo della sua sciocca debolezza. Vedeva troppo bene che Paolino contava di poter mangiare almeno il giorno di Natale qualche cosa di schiettamente sano.

—Essa non immagina punto il mio pensiero,—disse fra sè il buon uomo, a cui spiaceva e come uomo e come marito di mostrarsi in qualche parte da meno di sua moglie.

Sedevano innanzi al fuoco, come dicevo, scaldandosi le ginocchia e discorrendo così, quando a un tratto videro venire innanzi la loro gallina, che si era levata ad ora insolita, e che veniva a specchiarsi nella fiamma. Le sue penne mandavano bagliori e fosforescenze d'oro e di piropo e, o fosse che i poveri vecchi la vedessero attraverso le lagrime, o fosse altrimenti, parve loro una cosa piovuta dal Cielo, se non proprio il gallo che convertì San Pietro.

Il sor Paolino non potè resistere a quella vista, e con un pretesto uscì; e uscita anch'essa, poco dopo, la povera donna, andò a bussare all'uscio della vedova, in cerca d'un consiglio. Il canestraio trovò per via Angiolino del Trapano, suo vecchio amico, uomo prudente e quasi letterato, gerente d'un giornale politico, che propugnava una santa causa, Angiolino ascoltò la gran passione dell'amico e si concertarono insieme sul modo di regolarsi in questa difficile circostanza.

La mattina dopo, e precisamente la vigilia di Natale, Angiolino venne a trovarlo a casa e strinse la mano alla sora Brigida. Egli s'era messo quel dì l'abito scuro e teneva in mano il cappello a cilindro come soleva fare nelle cerimonie o nei processi contro la santa causa. Parlò della mala piega delle cose d'Europa, dei tempi che si fanno grossi, della poca fede, della poca umanità che c'è nel mondo, e stava per aprire la bocca sull'argomento (che già Paolino era sugli spilli), quando entrò dall'altra parte anche la vedova, cogli occhi rossi, come il giorno che aveva trovato il suo pappagallo strozzato fra due ferri della gabbia. Era anche questa un'intelligenza presa fra le due donne. Tutti e quattro sedettero, sconcertati ciascuno per riguardo agli altri, mentre la gallina, più fortunata di tutti, passeggiava tranquilla, beccando le screpolature, quasi che al mondo non esistessero nè i grandi nè i piccoli affanni.

Vi fu un istante di silenzio.

Poi Angiolino del Trapano, carezzando colla manica il pelo del suo cappello, coll'occhio fisso alla gallina:—Fortunate le galline,—disse, che sfuggono a queste preoccupazioni! Esse posseggono ancora quella semplicità che gli uomini, fatti tiranni di sè stessi, mettono in non cale, correndo dietro, come sciacalli, al proprio interesse, paghi soltanto quando sono pagati. Beati i tempi dei patriarchi, quando gli uomini si contentavano d'un piatto di lenticchie, nè avevano bisogno, come si vede in questi giorni, d'insanguinarsi le mani nella strage di tante creature, che sono pure creature di Dio! Quanto più bello e santo sarebbe, specialmente in queste occasioni, mostrar la bontà dell'animo nostro, concedendo riposo e tregua anche agli animali vivi e morti, che sono stati creati non per l'ingordigia umana, ma per far più lieta la natura col loro canto armonioso, collo splendore delle loro piume, col tenero belato, col guizzar rapido e snello nelle acque dei fiumi. L'usignolo col suo canto notturno…—seguitava Angiolino del Trapano; ma uno scoppio di pianto interruppe il bel discorso. Paolino strinse nelle sue la mano della Brigida, e sorridendo sotto il velo delle lagrime, esclamò: —Noi non saremo tanto cattivi; anch'essa mangerà nel nostro piattello.

Quelle care persone si accordarono di pranzare insieme il giorno di Natale, per far più lieta la festa dell'umanità. La sora Brigida preparò un pranzetto d'uova, di berlingozzi, d'insalata, e un pasticcio di riso e, poichè i tempi sono diventati così tristi, che uno non sa ormai quel che compera e quel che mangia a tavola, aggiunse per riguardo agli ospiti, anche una gallina delle solite, comperata sul mercato, la mattina al buio, senza discutere, sicura in cuor suo che questa almeno non sarebbe stata una gallina.

SCARAMUCCE.

Anche la nostra divisione, già da venti giorni accampata ad Oleggio, ricevette l'ordine di raggiungere il grosso dell'esercito, che moveva dal campo di Somma, per versarsi insieme sulla divisione del generale Incaglia, incaricato di difendere il Ticino. Noi eravamo i Bianchi, cioè colla fodera sul berretto, e il corpo dei Neri doveva rappresentare un esercito nemico di sessanta mila uomini, pronto a ritirarsi sopra Varese; a noi era comandato di vincere, e di coprirci di gloria, sparando coi fucili vuoti, fortuna che non capita sempre nemmeno nelle battaglie da burla, sebbene nel mondo si veggano molti menare scalpore anche per più poco. Nessuna meraviglia dunque, se alla vigilia stessa della manovra, molti cuori battessero come innanzi a una vera battaglia: ma il cuore batte spesso per nulla.

Alle tre di mattina il campo era già tutto in movimento. Splendevano ancora le stelle e la più bella luna che sia uscita dalle mani del Creatore. La tromba dava i segnali, e dopo un gran frugare al bujo per terra, ci avviammo in silenzio, carichi di sonno, per le strade biancheggianti e per le nere sodaglie alla volta di Arona. Giunti ai brulli poggi di Cagnago e di Cumignago, il Monte Rosa cominciò a disegnarsi e a colorirsi innanzi all'alba; ed ecco a un tratto escono le prime fucilate dalle siepi e dai boschetti che coronano le alture; e noi avanti, rispondendo noi pure colle fucilate. I Neri fuggivano come una nidiata di sorci, si appiattavano dietro i cigli, sparavano ancora quattro colpi, mostrando appena la fila dei berretti, poi un'altra corserella; si vedevano comparire e sprofondarsi nelle vallette, e poi sempre avanti come se giocassimo a rimpiattarelli. Così di poggio in poggio, di valloncello in valloncello, ora diritti dietro un muro, ora sdrajati nei fossatelli, o terra terra, scaglionati nelle piccole creste per una linea di forse sei miglia sulla destra del Ticino; finchè, occupate oramai tutte le alture colla nostra artiglieria, si cominciò a discendere, a incalzare il nemico contro il fiume. Il giorno s'era fatto chiaro del tutto: il cielo non aveva una ruga, e l'aria fresca della mattina ci lavava il viso dell'ultima nebbia di sonno. Già ne si apriva davanti il magnifico spettacolo del Lago Maggiore, azzurro come il cielo, nella sua bella conca di montagne verdi, dipinte in cima dal sole d'un bel colore di carminio.

Nessuno di noi pensava più che si fosse a una manovra. Il sangue, che trasalisce ai primi colpi e che si riscalda alle prime occhiate di sole, gli squilli di tromba, la voce dei capitani, il vedere correre e saltare i cannoni sopra i prati e piantarsi a urlare, le vedette che passano via come freccie, il luccichìo di qualche squadrone di cavalleria, che brilla in un nembo di polvere, superbo e maestoso come una legione di arcangeli; tutto ciò e più di tutto i vent'anni, che non pesano ancora sul sacco, fanno rincrescere quasi che non si faccia per davvero e che gli altri non siano disposti a lasciarsi ammazzare. Due compagnie di Bianchi e di Neri, che si scontrarono l'anno scorso sulla piazzetta di Divignano, mi dicono che, se non c'erano i superiori a fermarli, que' buoni figliuoli si tagliavano a pezzi. E veramente l'illusione è sì viva in questi istanti, che la ragione a stento può trattenere la selvaggia natura, e vi passano per la fantasia idee stravaganti, che son sorelle delle idee eroiche, e si capisce che cos'è lotta, che cos'è lo sterminio: non v'è ragazzo di vent'anni, che, trovandosi a cavallo fra quattro cannoni, non pensi di tagliare il mondo con un colpo di spada. Il corpo vi par diventato di bronzo sotto la giubba di panno. Insomma, non state a ridirlo, ma la guerra dev'essere una bella cosa, forse ancora più bella dell'amore.

Verso le nove giungemmo in vista di Arona.

In questi dintorni ha una villetta mio zio Michele, un buon uomo che ha fatto molti denari col sapone e colle candele steariche, non sapendo nulla dei grandi problemi che travagliano la pellegrina umanità. Sarei stato ben felice, se il caso mi avesse portato a dare una capatina alla villa Teresa (Teresa era il nome della mia povera zia), non perchè in casa di mio zio Michele la tavola sia quasi sempre preparata, ma per la gloria di comparire agli occhi di mia cugina, bello di polvere, abbronzato dal sole, cioè, come dicono i romanzieri, irresistibile. Mio zio, uomo di vecchia esperienza, non aveva mai veduto di buon occhio gli avvocati, e quando seppe ch'io m'ero dato allo studio della legge, crollò la testa, come se si trattasse d'un ladro mestiere. Forse il suo ideale (voglio dire il genero de' suoi sogni) non era un pitocchello di qualche ingegno, ricco soltanto di belle speranze, ma qualche cosa di più sostanzioso, di più palpabile. Perciò non posso dire nemmeno che mio zio mi amasse come la pupilla degli occhi suoi; tuttavia la mia bionda cuginetta Elisa, un diavoletto che avrebbe colle sue moine disarmata la Prussia, spadroneggiava nel cuore del babbo, e se per un capriccio avesse voluto sposare uno spazzacamino, il babbo avrebbe benedetto anche lo spazzacamino.

Io mi lusingavo d'essere qualche cosa di più: e sebbene, prima che mi cingessi un brando, potessi anche sembrare un mattarello di poco giudizio e considerare la Lisa come una ragazzina, oggi ero un volontario e caporale. Il soldato aveva aggiustato l'uomo, e dopo quasi un mese di vita selvaggia, all'erba, sotto la tenda all'aria, al sole, la figura snella di mia cugina mi tornava davanti come una dolce visione, mentre, appoggiato al mio fucile, procuravo di discernere qualche cosa di bianco a una finestra della villa.

Intanto che tutt'assorto nella contemplazione di due gelosie verdi, carezzavo una dolce speranza col pensiero, il capitano, forse ispirato da Dio, ordina al mio tenente di prendere con sè quattro o cinque uomini e di occupare proprio la villetta dalle gelosie verdi, che per trovarsi in una spianata elevata sul declivio, dominava dal suo terrazzo una buona parte del fiume. Il tenente mi dice:—Venga anche lei, caporale.

Non aveva ancora terminate queste parole, che io camminavo già sul viottolo che conduce alla palazzina, fra due siepi di bosco, lieto e trionfante.—Questa volta, caro zio,—dicevo fra me,—conquistiamo la posizione: l'avvocato ritorna a capo d'un esercito, nè basta una muraglia di sapone a questi assalti.

Strada facendo, il mio signor tenente, un vanerello ancor fresco d'accademia, con un finestrino di vetro nella cassa dell'occhio sinistro, non cessava dal far paragoni fra il Verbano e il Lago di Garda, dove i suoi avevano una villa: suo padre era marchese, e il tenentino non disperava di diventare un giorno almeno generale, e tante altre cose andava dicendomi, per dimostrarmi ch'egli era ricco, marchese, bravo cavalcatore, e amato da tutte le donne. Ma per conto mio pensavo alla meraviglia di mio zio e della mia cuginetta, quando mi avessero conosciuto; pensavo che, finiti gli studi dell'Università, sarei stato dottore e che la fortuna di questo mondo non la si fa solamente col sapone e colle candele steariche; pensavo che avrei saputo rendere felice la mia bella cugina, anche a costo delle sue duecentomila lire di dote.

Intanto giungemmo al cancello del giardino.

Al rivedere que' viali, quelle piante, que' luoghi pieni d'ombra e di frescura, que' sedili, quelle statue coperte di muschio, che mi ricordavano una lunga storia di giuochi, di capricci, di lagrime e di versi sbagliati, mi pareva di diventar piccino, e il cuore batteva anche a me come alla vigilia d'una vera battaglia.

Tip, il grosso Tip, fu il primo che ci corse incontro abbajando. Allora il sor tenente, accostandosi l'occhialino,—Caporale,—disse,—lei si fermi accanto a questo pino con due uomini e non perda di vista il campanile di Golasecca.

Condusse e piantò gli altri uomini in diversi punti, poi si avviò solo verso la villetta, che distava dal mio pino un quaranta passi, per rendere omaggio ai padroni di casa. Elisa gli venne incontro per la prima.

Vestiva, come di solito, un po' capricciosamente; i capelli biondi, sciolti, scendevano sopra un vestito quasi bianco, allacciato ai ginocchi da una fascia rossa di fuoco. Da sei mesi o forse più che io non la rivedevo, la ragazzina s'era fatta alta e complessa, e la moda ajutava a stringerla in vita e a darle attraenti disuguaglianze.

Il sor tenente, un gatto vecchio che sapeva arrampicarsi, portò la mano alla visiera, si piegò come si piega un bastoncino di giunco, sussurrò delle paroline sorridenti, Dio sa quali sciocchezze! Elisa arrossì un poco, sorrise anch'essa e corse ad avvisare il babbo.

Io intanto non perdevo di vista il campanile di Golasecca.

Elisa aprì le persiane della terrazza, e dopo un istante uscì anche lo zio Michele, sotto un gran cappello di paglia. Il buon uomo pareva beato che la villa Teresa diventasse un punto strategico da far parlare i giornali, e portò egli stesso sotto il padiglione della terrazza due lunghi cannocchiali, coi quali pretendeva di vedere le fabbriche di candele steariche anche nel mondo della luna. Elisa, una discreta chiaccherina quando voleva, avviò una grande conversazione col tenente che col braccio teso andava via via, segnandole i punti principali delle operazioni di campo, intercalando, suppongo, delle scipitezze, perchè le manovre son cose serie, e non si ride delle cose serie.

Io intanto non perdevo di vista il campanile di Golasecca.

Vedendo che non c'era modo di attirare l'attenzione di Elisa un poco anche sul caporale, mi volto a' miei due soldati, li squadro da cima a fondo, e scoperti due bottoni d'una uosa «che non c'erano»:—Pare impossibile,—strillai schiamazzando come un'oca del Campidoglio,—pare impossibile, sacr.... che si portino di quelle porcherie; testa di gatto! perchè mancano que' due bottoni? E zitto, o vi butto in prigione per tre settimane, sacr.....

Ma la conversazione del sor tenente era così piacevole che l'Elisa non s'accorse delle mie bestemmie. Mi pentivo di non aver detto prima al tenente che mio zio era mio zio, e mia cugina qualche cosa di più di una cugina: ma non l'avevo fatto per antipatia, per ignoranza. Peggio per me! Però mia cugina sapeva bene il numero del mio reggimento, e quel numero l'aveva sotto gli occhi; perchè non avrebbe dovuto domandare al tenente se conosceva il caporale così e così? Il tenente presentò a mio zio, com'era giusto, anche il suo biglietto di visita, con tanto di corona sopra: mio zio fe' due occhi di barbagianni, s'inchinò, strinse le labbra come se assaggiasse del vin santo, passò il biglietto alla figlia, che si profuse anch'essa in riverenze. Corbezzole! un marchesino non capita tutti i giorni tra' piedi; non si sa mai ciò che un marchesino può diventare. Mio zio avrebbe voluto essere una saponetta per le sue belle mani, o una torcia stearica per fargli lume.

Io intanto non perdevo di vista il campanile di Golasecca.

Il mio bonissimo zio, dopo avere stretta fra le sue la mano del marchesino, distese sopra un tavolino una carta geografica della provincia, dove il tenente continuò la sua lezione, seduto accanto all'Elisa. Vi fu un momento che questa abbassò la testa per meglio orientarsi, e il tenente abbassò la sua, rasentando colle labbra i capelli della mia cara cugina. La battaglia era veramente disastrosa per me. Mentre pareva che i due eserciti volessero riposare un poco, le fucilate rincominciarono nel mio cuore: e son fucilate che fanno squarci, non c'è muro che tenga! Mio zio, facendosi visiera colle due mani, cercava il nemico in su quel di Sesto Calente, e gridava:—Si restringono;—mentre il tenente sussurrava delle paroline topografiche all'orecchio di Elisa.

—Signor tenente!—gridai, saltando a un tratto sul terrazzino.

La mia bella cugina si scosse, mi riconobbe e gridò:—To', Pierino.

—Sei tu, nipote mio?—esclamò mio zio con poco entusiasmo.

—Cos'avete, caporale?—interruppe il tenente in un modo insolito; e voltosi a mio zio:—Perdonerà, ma vi può essere un pericolo.

—La patria, la patria anzi tutto,—osservò quel sant'uomo di mio zio Michele.

—Una compagnia di Neri passeggia sul sagrato di Golasecca,—dissi affannosamente e, voltomi alla Lisa, le chiesi:—Come stai?

—Sto bene....—rispose confusamente.

—È ben sicuro d'averli veduti!—tornò a dimandare il tenente un po' seccato.

—Co' miei occhi....—ripicchiai insolentemente.

—Prenda i suoi uomini e faccia un giro per tutta la vigna, osservando attentamente tutti i punti all'intorno: anzi sarà bene che salga su qualche pianta.

Mentre il tenente parlava, i miei occhi erano inchiodati addosso all'Elisa che abbassò i suoi.

—Ha capito, caporale?

—Sissignore,—risposi a denti stretti.

—E non perda di vista....

—Ho capito!—gridai, interrompendolo, e voltai le spalle.

—Se i Neri ci lasceranno un po' di pace, le permetterò di far colazione con suo zio.

—Abbi pazienza, nipote mio: la patria anzi tutto.—E mio zio rideva.

La parola colazione il marchesino non l'aveva fatta sonare per nulla: mio zio, che non ci pensava nemmeno, si risvegliò come di soprassalto; pensò che il povero marchese poteva aver fame, e mentre io facevo il giro della vigna, presto presto, un tovagliolo, un pajo d'uova fritte, una bistecca, fra una fucilata e l'altra, un bicchierino di bordò con un pezzettino di ghiaccio. Questo dev'essere accaduto, mentre io andavo in cerca di una pianta… per impiccare l'amor mio, le mie speranze, le mie illusioni.

Infatti, quando tornai presso il pino della mia disperazione, in vista del campanile di Golasecca, il tavolino era imbandito sotto il padiglione, al fresco, e il tenente, servito dalle mani stesse di mia cugina, mangiava come un eroe di Omero.

Gli occhi a un tratto mi si offuscarono. Se invece di semplice polvere avessi avuto del piombo nel mio fucile, chi mi assicura che Pierino non avrebbe fatto uno sproposito? Rimasi più d'un quarto d'ora in una specie d'estasi rabbiosa, il tempo cioè che il tenente impiegò per trangugiare i due piatti freddi; quindi la compagnia entrò in sala, forse a prendere un caffè. No, la guerra non è più bella dell'amore!

—Essa non ha un briciolo di cuore per me,—andavo dicendo,—è una civetta che sogna il marchesino e la carrozza! essa mi lascerebbe anche morire di fame, se io potessi ancora aver fame! Povere mie speranze, poveri miei sogni!—

A queste lamentazioni s'intrecciò una musica malinconica che uscì dalla villa. Era lei che faceva sentire al tenente la Prière à la Madone sul piano-forte, una musica che non giungeva nuova al mio cuore, che mi aveva insegnate tante belle cose! Erano lagrime vere, che ora riempivano gli occhi (non state a dirlo) e che io asciugai colla manica ruvida del mio cappotto. Quando alzai il viso, vidi mio zio sul terrazzino, curvo, colle mani appoggiate alle ginocchia, intento a speculare nel cannocchiale le mosse dei Neri: la musica era cessata e il buon uomo gridava:

—Si restringono sempre.—

Io allora, col mio fucile stretto fra le mani, col passo leggiero d'uno scoiattolo, saltando sulla sabbia, eccomi sul terrazzino, anzi fin quasi alla persiana, prima che mio zio se ne accorga; mi arresto, arresto i moti del cuore, spingo il capo verso l'entrata e l'occhio verso il piano-forte, e, non vedendo più il campanile di Golasecca, sparo in aria un colpo, io non so perchè, un colpo che rimbombò come un temporale. Mio zio Michele saltò a cavallo del cannocchiale, Elisa gettò un grido e svenne nelle braccia… d'una poltrona; i miei soldati sparsi nella vigna, credendo di far bene, risposero con una salva, e a questa risposero altre salve dei nostri, rimasti sulla strada, che temevano d'un'imboscata. Tutto il campo fu messo sottosopra e per poco non ne andava di mezzo la fortuna della giornata.

Io, appoggiato al muro, pallido, irrigidito, non sapevo più in che mondo mi trovassi. Della lunga predica che il tenente infuriato e rosso in viso fece sonare al mio orecchio, io non intesi se non che, giunti a Milano, egli mi avrebbe condannato a un mese di prigione e a tre di consegna in caserma.

E mantenne la parola da vero gentiluomo. Ne' panni suoi avrei fatto di più; ma quando mi fu concesso di uscire, tutto era finito, la battaglia era perduta.

Sei mesi dopo ricevetti un bigliettino malinconico di mio zio, che mi pregava di andare a trovarlo e di perdonargli molte cose: non seppi resistere alla tentazione, e, sebbene avessi giurato di non porre più il piede nella sua casa, vi andai, Non era più lo zio d'una volta. Mi fece sedere accanto, mi prese malinconicamente la mano, mentre gli occhi gli si riempivano di lagrime.

—Elisa?—balbettai con voce tremante.

—È malata.—

Il nemico era passato devastando il paese.

DEBITI D'ONORE E DEBITI DI CUORE.

15 dicembre.

Negli anni passati la mia più grande ambizione era di fare un bel regalo al babbo il giorno di Natale.

Sei mesi prima del gran giorno mi prendevo la testa tra le mani e cominciavo a pensare a un regalo che non fosse la ripetizione di un altro, ma una meraviglia nuova, una sorpresa.... Una volta era un ricamo sul filondente, un'altra volta un disegno a matita, una terza una sonatina di Schumann eseguita sul pianoforte; l'anno scorso fu un sonetto, il primo sonetto della mia vita (e forse l'ultimo), al quale il professore Tantini dovette accomodare le gambe e le rime.

Il babbo si mostra sempre soddisfatto e orgoglioso della sua Tuccia, e io godo anche di più per due motivi, prima, perchè contento lui, e poi, perchè la gente mi loda, mi esalta e a me è sempre piaciuto il fumo dell'incenso sotto il naso. Il Natale era insomma la festa della mia vanità.

Quest'anno mi sento grande e malinconica. Quel mendicare l'elemosina sulle lodi colla scusa del Santo, mi pare una cosa sciocca e indegna d'una ragazza che ha compiuto i diciassette anni. Qualche cosa è avvenuto dentro di me, da qualche tempo a questa parte, ch'io non mi so spiegare; non è pigrizia, non è indifferenza, ma somiglia a un rimorso d'esser cresciuta tanto senza imparare a vivere meglio.

Quest'anno c'è una grande tristezza in casa mia, e penso che passeremo un brutto Natale; pazienza, senza i soliti regali! ma avremo la collera e la discordia sedute nel cantuccio del camino.

Mio fratello Enrico, un mese fa, si è bisticciato aspramente col babbo. È un ragazzo vivo, di primo impeto, che avrebbe bisogno di una mano vigile che lo tenesse in briglia, ma preso di fronte si impenna come un cavallino selvatico. È sempre cresciuto a caso, senza la mamma, fra le governanti, i servitori, i maestri, i collegi buoni e cattivi, e quantunque il suo cuore sia affettuoso e generoso, è tuttavia sfrontatello e tenace nella sua volontà.

Da qualche tempo (oggi ha vent'anni) s'è dato alla vita gaia e svagata, e l'altro mese ha perduto per la prima volta ottocento lire al gioco.

Mio padre dice che il gioco è una passionaccia che fa perdere l'anima e il corpo, e, per troncare il male alla sua radice, non solo si è rifiutato di pagare questo suo debito d'onore, come lo chiamano, ma ha inveito contro il ragazzo con tali parole da far paura a un uomo di sasso; Enrico rispose con qualche insolenza. Il babbo gli indicò l'uscio, l'altro se ne andò pallido d'ira e di vergogna, e da un mese non è più tornato in casa.

Con questa spina nel cuore noi ci prepariamo alle feste di Natale. So che Enrico è andato in campagna col marchesino d'Etzio, suo compagno di collegio, ma non so come se la passi. Il babbo è torbido, concentrato, colla fronte piena di rughe.

Che giornate, mio Dio, che brutte ore passiamo! Quante volte ho pregato l'anima benedetta della povera mamma, perchè guardi sulla sua casa! Non ho mai pensato che nella vita potessero scendere giornate così buie. In casa mia son sempre stata il frugolo, il cucco, la bambolina, il tesoretto di tutti, specialmente del babbo e dei fratelli che mi vogliono bene, anche quando mi tormentano per la mia erre mozza, che a me pare così bella e aristocratica.

Enrico suol dire che mi vuoi bene più. che al suo Flick e non è poco, perchè il suo Flick mangia con lui nel medesimo piatto e dorme nel suo letto. Enrico, Arturo ed io siamo sempre stati tre ragazzi distratti e spensierati, pei quali la vita non è che un gioco. Quando si hanno due belle case, sei persone di servizio, tre cavalli in istalla e i mezzi per soddisfare oltre ai bisogni i capricci, è naturale che una ragazzina creda che la vita sia una bella commedia e che le sia toccata la parte di prima donna.

Ma da qualche tempo io comincio a considerare la vita da un altro lato e penso che la felicità non sia tanto al di fuori quanto dentro di noi.

17 dicembre.

Di faccia alla nostra casa è una casetta di modesto aspetto, dove abita una ragazza della mia età, che fa la sarta. Quando mi alzo la mattina e quando torno in camera per andare a letto, io vedo quella testolina rossiccia, sempre curva d'estate e d'inverno sulla macchina. Spengo il lume e ancora il riverbero della sua lampadina entra per la mia finestra e spesso mi addormento allo stridulo rumorio della sua piccola Singer che ella paga stentatamente a due lire al mese. Il suo mondo è un tavolino pieno di gomitoli, il suo cielo è quello che si vede attraverso alle nebbie grasse della città fra un comignolo e l'altro dei tetti. Si direbbe che essa viva nella sua macchina, fatta macchina anch'essa dagli urgenti bisogni, e che il giorno che cessasse di girare la ruota, il suo cuore dovesse cessare di battere. Eppure anche ieri mattina, mentre spolverava i mobili della sua stanza, sentii che la vicina cantava. E sempre canta quando il cielo è bello e quando un raggio di sole trova la strada di arrivare fino a lei. È una cantilena malinconica in cui suonano sempre due parole: amore e speranza….

Non chiedete a me, per carità, ch'io mi ponga a cantare. Questa mia gran casa, colle pareti coperte di cuoio, con tanti mobili intagliati e dorati, è una spelonca senza allegria. Qui manca la pace, e se io alzassi la voce per cantare, avrei paura e vergogna di me stessa e crederei d'offendere il povero padre mio, di là, colla fronte piena di rughe….

18 dicembre.

Ieri ho scritto ad Enrico. Non gli ho toccato della brutta questione, perchè temo ch'egli prenda in canzonatura i miei consigli, ma gli esprimo il desiderio che egli venga a Milano. Mi ha risposto che si trova a Milano già da una settimana. In quanto al tornare, non dipende da lui. Finchè non avrà pagato il suo debito, non vuole che la gente dica che egli mangia il pane di suo padre. Così vive alla ventura, forse della carità degli usurai, ma spera di essere compatito. In fondo egli sente altamente di sè e quest'orgoglio non è soltanto figliuolo della caparbietà.

Povero Enrico! mi ricordo che un giorno sedevamo nel salone, io davanti al cavaletto, egli sdraiato nella grande poltrona, colla testa rovesciata sulla spalliera, con uno de' suoi romanzi nuovi spalancato sulle ginocchia, e occupato in apparenza a soffiare il fumo della sigaretta verso il soffitto. Si vedeva già che una grande tristezza lo tormentava. A vent'anni non gli pareva di trovare nella vita quel che la giovinezza ha il dovere di promettere e di mantenere.

—Tuccia—disse a un tratto con voce più gentile del solito—più diventi grande e più vieni a somigliare al ritratto della povera mamma.

—Davvero?

—Tal'e quale, la stessa fronte, lo stesso sguardo.... Ti chiameremo d'ora innanzi la nostra mammina.

Queste parole pronunciate quasi in aria di scherno mi fecero un grande effetto, e quando il giorno dopo scoppiò il terribile uragano fra padre e figlio, guardandomi nello specchio e vedendomi veramente un viso più pallido e più pensoso, mi parve che io somigliassi davvero a quel gran ritratto che ci guarda tutti i giorni dalla parete della sala da pranzo. Io sono la sola donna di questa casa, e qui dovrei rappresentare una parte che non fosse solo quella di una graziosa bambolina. Se la povera mamma fosse viva, avrebbe permesso che Enrico stesse lontano un mese da casa sua? avrebbe permesso che il babbo si rodesse in silenzio nel suo dolore? lascerebbe la sua casa sotto la tristezza di questi corrucci?

A che cosa serve il mio saper ricamare, il mio saper dipingere, se non so asciugare una lagrima? e perchè, come ci insegnano a superare una selva di crome e di biscrome, non ci insegnano anche l'arte di levare una spina dal cuore?

Alle giovinette che hanno la mano leggera e delicata dovrebbe essere insegnata la santa abilità di curare le ferite.

Io mi struggo in lagrime inutili, corrucciata della mia stessa incapacità, e lascio che i giorni passino, l'un dopo l'altro, senza saper trovare una di quelle felici invenzioni che mi facevano tanto orgogliosa della mia fantasia.

19 dicembre.

È notte, nevica. Torno a scrivere ad Enrico, e mi pare che una nuova eloquenza scaturisca dal mio cuore. Le parole che stentano a uscire dalla penna quando devo descrivere cose che non mi riguardano, oggi vengono in folla sulla carta. Prometto di parlare al babbo per lui e di implorare un perdono che ha già tardato troppo a venire. Chiudo la lettera con la frase: «la tua mammina».

Questa frase non è ancora finita, che una lagrima cade sulla mia mano.
Ma è una lagrima dolce.

Il cuore è orgoglioso della nuova parte che è chiamato ad assumere.

20 dicembre.

Stamattina dopo colazione, mentre il babbo si sprofondava nella sua poltrona a leggere i giornali, mi sono avvicinata e appoggiatami colle braccia alla spalliera, al di sopra della sua testa:

—Papà,—dissi—Enrico è a Milano.

—E così—chiese il babbo burberamente.

—Siamo quasi alle feste di Natale....

—Non è colpa mia se queste feste saranno cattive.

—Pensa, papà....

—Basta, non seccarmi. Tu non puoi capire certe cose. Quando sarai moglie, quando sarai madre, vedrai che col cuore non si scherza....

—Io non scherzo, papà....—esclamai dolorosamente.

—Bene, bene; va', pensa ai tuoi regali....

Tentai ancora di parlare, ma, sentendo che gli occhi mi si riempivano di pianto, corsi a rinchiudermi nella mia stanza. Non mi credono buona che a baloccarmi e a far dei regalucci!

Piansi forse un'ora come una bimba.

Rimasi sola col mio corruccio fin verso l'ora del pranzo. Non vedendomi comparire, venne a cercarmi la Costanza, una vecchia guardarobiera, che da trent'anni vive in casa nostra. Non è donna di molto sapere, ma è fedele come un vecchio cane. Da piccini la chiamavamo la Trottola, per la sua maniera di camminare traballante, a onde. Divenuti grandi, nessuno di noi si occupò più di lei, che continua a rimanere in casa come un vecchio mobile che serve sempre a qualche cosa. Io preferisco essere servita da Julie, una svizzera tedesca che parla un cattivo francese. Costanza, via via che invecchia seguita a rintanarsi nella guardaroba, fra i cesti e i mucchi della biancheria, contenta che la sopportino, e riconoscente, di quel pane, di quel letto, di quel tetto che essa ottiene dalla carità dei suoi padroni.

Venne a cercarmi perchè fu la prima ad accorgersi che non uscivo da un pezzo dalla mia stanza, e come se io le avessi già fatta la storia de' miei dolori, entrò diritta nell'argomento dicendo:

—Non si faccia vedere cogli occhi rossi. Quel povero signore ha già il cuore grosso così. So bene che è una grande passione; questa casa non fu mai così triste, nemmeno nei giorni che hanno portato via la sua mamma. Sapesse quanto pregare ho fatto in questi giorni! Non va, non può andare avanti così, assolutamente no. Non c'è di peggio sulla terra che la discordia nelle famiglie. Il sor Enrico non è cattivo e io posso dirlo, perchè l'ho portato io al suo babbo quando è venuto al mondo. Bisogna fare qualche cosa per lui. È un ragazzo vivo, puntiglioso, che a pigliarlo colle buone si mena come un agnellino. Gli pesa di non poter mantenere la parola data. Pesa anche a noi gente ordinaria, che, se abbiamo un soldo di debito, non si dorme più. Se il suo babbo non vuol proprio dargliele queste benedette ottocento lire, non si potrebbe trovare il modo di dargliele noi?

—In qual maniera?

—Se non temessi di offenderlo quel ragazzo l'avrei trovata da un pezzo la maniera.

—Dillo....

—Se lei mi aiuta, padroncina, possiamo levarlo dai fastidi.

—Certo, ti aiuterò.

—Basta che egli non sappia da che parte gli vengono questi denari, e creda che glie li mandi il babbo.

—E invece?

—Io ho un libretto alla Banca Popolare e c'è scritto un migliaio di lire, che sono i miei piccoli risparmi in trent'anni che servo questa casa. Di questi denari io non ho alcun bisogno, perchè grazie al cielo, qui non mi manca nulla e non credo nemmeno di perderli, ma solamente di prestarli al sor Enrico, finchè ne avrà bisogno, e me li renderà quando potrà. Ma se egli sa che vengono da me, naturalmente non li piglia e si offenderebbe di buona ragione che una povera serva voglia prestare il suo denaro a lui. Dico bene? Ella potrebbe invece fargli credere che sono del babbo o che sono suoi....

—Tu sei una buona donna, Costanza,—dissi guardando fisso per la prima volta quel volto giallognolo e quegli occhietti, che non dicevano mai nulla.—La tua idea è bellissima e ne parleremo domani.

—Brava ora vada a tavola e si mostri allegra.

Un raggio di gioia rischiarò la faccia rugosa di quella povera vecchia, che, trottolando, corse in guardaroba, contenta come se avesse vinto un terno al lotto.

—Ecco un'idea semplice,—dissi fra me—che non mi è venuta in mente!

Io non avevo ottocento lire sotto la mano, ma possedevo tre volte tanto in oro, in trine e in frivolezze eleganti. Il cuore non abituato ad aver bisogno, non era abituato nemmeno a provvedere ai bisogni degli altri. Anche nell'arte dell'esperienza vale più la pratica che la grammatica.

Durante la notte raccolsi tante cianfrusaglie che non usavo più, vi aggiunsi un anellino di brillanti, e pensai, così a occhio e croce, d'aver raccolto un valore di ottocento lire. La mattina per tempo chiamai la Costanza, che corse col suo libretto nascosto in seno.

—Ci ho pensato, Costanza; guarda. Ho raccolto questi gioielli, che non metto più, e mi pare che possano bastare. Fanne un involto e senza dir nulla a nessuno, va' dal vicino orefice e vendi. Quando hai i denari in mano, va da Enrico, con questo biglietto che ora ti scrivo....

Sedetti al tavolino e scrissi quattro righe con lieta furia di chi è sicuro di salvare un uomo che affoga. Le antiche donne che portavano i loro gioielli sull'altare della patria non erano più orgogliose di me. Io mi sentivo crescere di valore, più prezioso di quello dei miei ornamenti.

La Costanza era rimasta istupidita cogli occhi fissi su quel mucchietto d'oro e, quando mi mossi per darle il biglietto, mi guardò col suo sguardo scemo, tentennò il vecchio capo, masticò qualche parola, e tirandosi indietro:

—Scusi,—disse,—lei può far vendere queste cose dal maggiordomo. Io non son pratica.

—Ma bisogna salvare il segreto.

—Il segreto era necessario fin che si trattava dei miei danari; ma questo è un altro conto.

—Tu non vuoi aiutarmi, dunque?

—Ella poteva aiutare me e non ha voluto. Scusi, capisco che i miei danari possono offendere delle persone come lei, ma io non credevo di fare l'elemosina. Scusi.... Scusi....

E come ubriaca si tirò verso l'uscio e se ne andò, nel momento che si portava il fazzoletto turchino agli occhi.

Rimasi stordita davanti alle mie favolose ricchezze, e ci volle un bel pezzo prima che la mia ragione comprendesse in che cosa io l'avessi offesa. Ma la buona donna, che in quella sua idea aveva posto tanta tenerezza, non poteva rassegnarsi a vedersela rubare con tanta leggerezza da una ragazza, il merito della quale si riduceva a vendere delle cianfrusaglie fuori di moda. Per la Costanza quelle sue ottocento lire valevano diecimila giorni di fatiche e di risparmio; per me le mie non valevano quattro soldi, e con quattro soldi io tentavo di rubarle una delle più grandi soddisfazioni della sua vita. Anche nel fare il bene—ho letto in un libro—bisogna usare molta discrezione e non togliere ai più deboli l'occasione di meritarsi un premio.

«Ritieni—seguitava quel libro che ora capisco per la prima volta—ritieni che il miglior bene che tu possa fare è quello che tu lasci fare volentieri al tuo vicino.»

Fra me e la Costanza la pace fu subito conchiusa, e fra noi due fu ancora lei la più imbarazzata a perdonarmi. Si combinò che ella avrebbe portato dentro la giornata le sue ottocento lire, colla seguente lettera:

24 dicembre.

«Caro Enrico, domani è Natale, e sarebbe per noi un giorno di troppa desolazione se tu non ci fossi. Oggi ho parlato con papà e gli ho fatto capire che io non rimarrò a dividere questa desolazione, facendomi quasi complice di una discordia che offende i vivi e i morti. Il babbo n'è commosso, e se tu gli mandi ora una parola vedrai che è disposto a perdonare tutto.

La Costanza, che ti porta questa lettera, è incaricata di consegnarti anche una somma di ottocento lire, colla quale potrai soddisfare ai tuoi debiti d'onore.

Paga, e vieni subito nelle braccia della tua... mammina».

Costanza eseguì allegramente la sua commissione e io chiusi le mie gioie, e la presunzione nel cassettone.

Non potevo tuttavia non dire parola al babbo. Aspettai la sera quando rimanemmo soli davanti al fuoco e gli dissi:

—Papà, ho pensato ai miei regali. Per domani voglio regalarti la pace, se la vuoi....

—Se me la trovi.

—Enrico verrà a pranzo con noi. L'ho invitato io....

Il babbo fissò gli occhi nella fiamma e non rispose. Io non gli lasciai il tempo di pensar troppo e soggiunsi:

—Abbiamo pagato anche il suo debito....

—Chi l'ha pagato?

—Egli crede che i denari vengano da te, ma Enrico sarà invece mio debitore.

—E dove hai potuto trovare ottocento lire?

—Me le ha prestate, anzi me le ha offerte, indovina....

—Non saprei....

—La Costanza.

Il babbo aggrottò un poco le ciglia. Se lo avesse saputo prima non l'avrebbe permesso, ma forse pensò che il miglior modo per evitare un male è di prevederlo.

Forse pensò ancora ch'egli aveva tardato troppo a perdonare, e che la vecchia Costanza, nel suo cuore di donna, aveva un assunto da compiere nella sua casa. Gli occhi suoi brillarono alla luce viva della fiamma, e vidi che a stento frenava le lagrime. Cercò lentamente la mia mano, se la tenne un pezzo chiusa nella sua sulle ginocchia e infine con voce velata dalla commozione, esclamò:

—Avete fatto bene, grazie....

—La Costanza mi ha fatto promettere che io non ti avrei detto nulla, teme di offenderti....

—Io non le dirò nulla.

—Ho accettato a patto che ella ricevesse una riga di scritto in cui mi dichiaro sua debitrice. Tu mi devi fare un altro piacere, papà, lasciare cioè che io paghi a poco a poco questo debito coi miei piccoli risparmi sulle spese inutili…. Sarà il mio debito di cuore.

—Se ciò ti piace. Tuccia, volentieri.

—E non dir più, Papà, che io scherzo col cuore.

Il babbo sorrise e diede una tenera occhiata al ritratto della povera mamma, che sotto i mobili riverberi della fiamma pareva agitato e vivo; poi mormorò:

—Non lo dirò più, signora mammina.

25 dicembre.

Io non ho mai passata una notte di Natale così serena e tranquilla come questa volta, nemmeno negli anni bellissimi della prima fanciullezza, quando si sognano gli angeli e i pastori che vanno per la via al suono delle cornamuse. Il cuore, anche nel sonno, vegliò in una soave contentezza, che scese a colorire e a rischiarare tutte le cento visioni che passano nella fantasia d'una ragazza che non ha dormito bene da un pezzo. E per una facile confusione di idee, dopo essermi incontrata colla mamma in un paese sconosciuto, illuminato da un grande falò, io mi confusi con lei, cioè sentii d'essere lei, e che gran parte della morta viveva e parlava in me.

Oggi a mezzodì entrò correndo la Costanza. Agitando le braccia come una gallina che tenti volare, gridò:

—Viene, viene….

Enrico, pallido e tremante di commozione, comparve nel vano dell'uscio. Il babbo, pallido e tremante anche lui, si alzò.

—Papa!—gridò il ragazzo con un accento che non dimenticherò più. Si stesero le braccia, e quei due uomini si gettarono l'uno sul seno dell'altro.

La Costanza, che versava lacrime come un ruscello, seguitò a tirarmi per il vestito fino in fondo alla sala, dove nascondendosi dietro la tenda della portiera, tornò a dire:

—Mi giuri ancora che non dirà nulla.

Anche davanti a quel suo trionfo, la povera donna temeva del nostro orgoglio e forse non aveva torto. In sessant'anni di esperienza ella si era abituata a credere che i signori non amano le lezioni che non possono pagare. Dopo i debiti di gioco ciò che più ci pesa infatti sono i debiti di gratitudine.

La Costanza ha ragione, dico, di credere così, perchè siamo fatti così; ma una differenza dovrebbe esistere fra il bene e il male, e io farò di tutto per non pagare troppo presto il mio debito di cuore.